講談社文庫

Cocoon

京都・不死篇３—愁—

夏原エヰジ

講談社

〈瑠璃〉

本シリーズの主人公。鬼斬りの能力を持つ。
元・吉原の花魁。片腕と引き換えに最強の鬼・
平将門を倒したが、生き鬼を救う術を
探ろうと京都に来たところ、
新たな敵「夢幻衆」と出くわす。
鬼退治組織「黒雲」頭領。

〈蓮音〉

島原の太夫。美人だが性格は悪い。
瑠璃を敵視する
「夢幻衆」の一員。

〈麗〉

瑠璃が京都で出会った女の子。
実は「夢幻衆」の一員で、
鬼の角を持つ。

〈文野閑馬〉

人形師。
黒雲の協力者となるも、
何者かに殺される。

夢幻衆

不老不死を望む
謎の陰陽師集団。

キャラクターイラスト　長乃

妖たち

〈宗旦〉
左の前足を失った妖狐。
人間に変化することができる。

〈露葉〉
若作りの山姥。薬を作るのが得意。

〈お恋〉
狸の姿をした、信楽焼の付喪神。
瑠璃を慕って京都まで
ついてきた。

〈長助〉
袖引き小僧。
妖鬼に取りこまれた末に死亡。

〈がしゃ〉
陽気な髑髏。

〈白〉
雄の猫又。

黒雲

〈瑠璃〉

〈栄二郎〉
双子の弟。
豊二郎と結界を作る。
瑠璃に何やら想いが
あるようで……？

〈権三〉
大男。自分の店を持ち、
板長をしている。
金剛杵を操る。

〈豊二郎〉
双子の兄。
栄二郎と結界を作る。
瑠璃の妹分と所帯を持った。

〈錠吉〉
眉目秀麗な僧侶。
鬼退治の際は
錫杖で戦う。

夏原エヰジ
Eiji Natsuhara

コクーン
COCOON

京都・不死篇3

愁《しゅう》

序

かつて木嶋大路《このしまおおじ》と呼ばれた道の、起点となる地に「蚕《かいこ》ノ社《やしろ》」という小さな神社があった。樹木に囲まれ深閑《しんかん》とした境内《けいだい》には、ひときわ謎めいた代物が佇《たたず》んでいる。三本の石柱でできた鳥居だ。

世にも珍しい三本足の鳥居が、なぜこの形に作られたのかは知れない。何かを模しているのか、あるいは儀式に用いるためなのか――ともあれ千年以上も昔に建立《こんりゅう》されたとされるこの鳥居に、寛政《かんせい》の今、集う者たちが三人あった。

ひっそりとした夜闇の中、麗《うらら》は口を閉ざし、他の二人が言葉を交わしあうのをただ黙って聞いていた。

「蟠雪《ばんせつ》は、死んでもうたか」

「ええ、どうやら不老《おいず》ノ妙薬の反動が出たみたい。やろ、麗？」

水を向けられた童女は、小さく頷《うなず》いた。

「そうです……蓮音《はすね》さま」

はあ、と蓮音の口から嘆息《たんそく》がこぼれる。しかしそれが同志への哀悼《あいとう》ではないことを麗は知っていた。月明かりもない闇の中にあって表情はしかと見えぬが、少なくとも太夫《たゆう》の声色は、平素と何ら変わらない。

「せやから言うたんよ、妙薬を自分で試すのはやめときって。医者の好奇心ゆうんはホンマに厄介《やっかい》やえ。他の誰かに試すだけじゃ我慢できひんなんて……おかげで不老ノ妙薬は未完成のまま、日の目を見ることもあらへん。完成したらあても飲ましてもらうつもりやったんに」

蓮音の声からは、悔しさと、苛立《いらだ》ちの響きが聞き取れた。

「しかも蟠雪は、黒雲《こくうん》の者どもを殺そうとしていたそうやな」

「何やて？　そらホンマなん、菊丸《きくまる》兄さん」

菊丸と呼ばれた男がこちらに問うような視線を寄越してくる。対する麗は再び首を縦に振った。

満月の夜に見た光景が、童女の脳裏に絵巻物のごとく流れていく。

医師であり、陰陽師《おんみょうじ》であった蟠雪。彼が操る大亀の異形《いぎょう》、裏玄武《うらげんぶ》は、濁った深泥池《みどろがいけ》にて黒雲の五人と熾烈《しれつ》な戦いを繰り広げ、最後には池に流された雷《いかずち》を浴びて敗れた。なおかつ使役者である蟠雪も、自ら試していた劇薬の威力に耐えかね息絶えた。

麗はそれらの一部始終を陰で見ていたのである。

鬼退治組織「黒雲」――江戸から来たあの五人と京《みやこ》の陰陽師集団「夢幻衆《むげんしゅう》」は互いに反目しあう間柄だ。と、黒雲の側は思っていることだろう。

夢幻衆が邪魔な存在である黒雲を、機会さえあれば潰《つぶ》そうとしているのだと。

叶《かな》うなら五人を全員、屠《ほふ》ってしまいたいのだと。

だが実際の事情は、些《いささ》か異なっていた。

「何ちゅうことを。男衆はさておき、あの女頭領を殺したらこっちの計画が狂ってまうやないの」

声を尖《とが》らせる蓮音と同じく、菊丸も呆《あき》れた調子で肩をすくめた。

「まったく、蟠雪は小さい頃から何かにつけ暴走しすぎるきらいがあった。己の探求心を満たすためにと鼠《ねずみ》を殺してみたり、兎《うさぎ》をばらばらにしたり……あいつは黒雲頭領の内側に、どんな力が眠っとるのか知りたがってたやろ。せやからあの女の腑《ふ》分けをしたがった。今になって言うても遅いが、蟠雪にも、真実を教えておくべきやったかもしれへん」

あの黒雲頭領は龍神の生まれ変わりであり、彼女が持つ妖刀もまた、龍神の成れの果てであるということを。

ところが蓮音は異を唱える。

「いいえ。菊丸兄さんかてわかってはるやろ？　蟠雪兄さんのことやもの、あの女が龍神の宿世《しゅくせ》やなんて知ってもうたら、余計に腑分けをしたがったに違いないわ。たとえ殺さずとも縛りつけて拷問《ごうもん》して、研究のために体の一部を削《そ》ぎ落とすくらいのことはしとったはず。言わなくて正解やったんよ」

黒雲頭領はただでさえ隻腕《せきわん》の体。あれ以上、傷がついてしまっては困るのだから。

蓮音はそう言って亡き同志を詰《なじ》った。

二人の会話を聞きつつ、麗はいつしか拳を握っていた。

――違う。死んじゃえばよかったんや、あんな女。

――すまない、麗。

――あんな女……あんな、人殺しは……。

あの女がいたせいで、父は生き鬼となった。

あの女がいたせいで、母は死んだ。

あの女がいたせいで、自分は、半人半鬼として生まれてしまった。

——どうして許せるっていうん。許せるはずないやんか。あの女は、皆の運命を狂わせた。ウチは決めてたんや。いつか〝滝野《たきの》ミズナ〟が目の前に現れたら、ウチのこの手で殺してやるって。おっ父とおっ母の仇《かたき》を討つんやって。

しかしそれは「滝野ミズナ」が己の前に現れることなど、万に一つもないと思っていたからだ。顔も知らない、所在も知らない者同士が実際に対面することなど、そんな偶然が起こるわけがないと心のどこかで思っていたからだった。

奥底に秘めた本音を言えば、麗は滝野ミズナと出会いたくなかった。いつか相まみえる時が来るならば、きっと殺してやる。そう思うことで己の心を慰《なぐさ》めていたのだ。頭の中で顔なしの仇を痛めつけてさえいれば、父から受け継いだ「鬼の怒り」は収まった。それだけで、十分だったのだ。

されど「いつか」は本当に訪れてしまった。

——どうかお前さんへの罪を、心の底から詫びさせてほしい。本当に、すまない。申し訳ない……。

果たして現実に相まみえた滝野ミズナは、童女とはいえ半人半鬼である麗よりも遥かに強く、かつ、非常にやりにくい相手であった。

――お前さんは、不死なんか望んでいないんじゃないのか。

「ちょいと麗。さっきから何やの、ぼけっとしくさって」

麗は我に返った。拳を解き、前に向き直る。

こちらを見る蓮音と菊丸の視線は氷のように冷たかった。

「話の最中に上の空になるやなんて、あんた、ずいぶんええご身分やね」

「も、申し訳ありません」

「あてらとの約束は忘れてへんよな？　あんたは夢幻衆の一員として、あてらの忠実な駒となる。さもなくば……わかっとるやろ」

「……はい」

蓮音はしばらく童女をねめつけた後、再び菊丸へと視線を戻した。

「蟠雪兄さんが亡《の》うなったのは予定外やったけど、まァしゃあないわえ。夢幻衆の計画は万事が順調。一人の脱落くらいは良しとしまひょ」

「そうやな」

するど菊丸はわずかに首を傾《かし》げた。

「時に蓮音。文野《あやの》閑馬《しづま》の骸《むくろ》はどないした？」

「……ああ、あれね」

瞬間、蓮音の口元に微笑《ほほえ》みが浮かぶ気配を、麗は確かに感じ取った。

「あのままあそこに転がしておいたわ。ちょっとした遊び心よ」

「何と、趣味が悪い奴やな」

言いながら菊丸もくつくつと忍び笑いを漏《も》らしていた。

男女の笑う声が夜気を揺らす。不穏な風が境内に吹きわたり、麗は我知らず身震いした。

「さァて、今頃あの骸を見つけてどんなお顔をしてはるんやろねえ……黒雲のお頭《かしら》、瑠璃《るり》さんは」

蓮音の細い指先が空へと伸ばされる。

「ここにもうすぐ、白虎《びやつこ》の禍《まが》ツ柱《ばしら》が立つ。巨椋池《おぐらいけ》には朱雀《すざく》の禍ツ柱が。青龍《せいりゆう》、玄武、白虎、朱雀。四つの柱が揃った時、あてらの悲願が、とうとう叶う。黒雲の皆さんにはこの先も存分に働いてもらいまひょ」

夢幻衆の希望が現実となる、その時まで。

天にかざした手が、星をつかむかのようにぐっ、と握られた。

「すべては不死のため——麒麟《きりん》となるべきお方、道満《どうまん》さまのために」

菊丸も夜闇を仰ぐ。

「そして我らが〝桃源郷《とうげんきょう》〟のために……」

二人に倣《なら》い、麗もまた視線を上げる。仇への復讐《ふくしゅう》心と、言いようのない不安を胸に抱きながら。

空に広がっていたのは澱《よど》んだ漆黒ばかりだった。風に流れゆく暗雲が、月の光を完全に覆い隠していた。

一

強まり始めた風がびゅう、と京の路地を駆け抜ける。程なく野分《のわき》が来るのかもしれない。蒸し蒸しとした残暑もようやく終わり、京には秋の気配が訪れていた。

乾いた風に後《おく》れ毛をなびかせながら、瑠璃は島原《しまばら》の大門を後にする。その眉間には深い皺《しわ》が刻まれ、隻腕の左手はやりどころなく帯に触れる。

胡蝶《こちょう》が舞う帯の内側には、心優しき人形師が打ってくれた、泥眼《でいがん》の能面が挟まれてあった。

――わっちと出会いさえしなければ、閑馬先生は……。

取り出した能面を見るにつけ寂寥《せきりょう》と後悔が押し寄せてくる。

心の重みに耐えきれず、瑠璃は歩を止めた。

「蓮音太夫が、いないっ？　それは一体どういう意味です」

剣呑《けんのん》な面持ちで詰め寄る瑠璃に対し、島原一の太夫を抱える置屋、白浪楼《しらなみろう》の主《あるじ》の声は疲れきっていた。

「どういう意味も何も、言葉どおりどっせ。太夫は島原から姿を消してもうた。調度品も衣裳もそっくりそのまんま、手妻《てづま》みたァにある夜、忽然《こつぜん》とね」

「足抜け、ということですか」

「まァそうなるでしょうな」

楼主は苦々しい表情を隠さなかった。

「けれど理由はわかりまへん。特別な間夫《まぶ》がおったわけでもなし、待遇に不満があったわけでもないでしょう。何せ十三の頃から七年間、蝶よ花よと大事にしてきたんどすから。誰のおかげで太夫にまで上り詰められたと思っとるのやら」

その恩義を打ち捨てて脱廓《だっかく》するとは何事か、と楼主は憤慨《ふんがい》する。蓮音に太夫の顔とは異なる「裏の顔」があったことなど知る由もないのだろう。

いわく白浪楼は総出で太夫の行方を追ったそうだが、元より行き先の手がかりも一つとしてないため、捜索は今も難航しているという。

「間夫とまではいかなくとも、懇意にしていた客がいたでしょう?」

その中に、夢幻衆の構成員もいたはずだ——しかし瑠璃の当ては外れた。

「そらもちろん、蓮音のお客さま全員に遣《つか》いをやりましたとも。足抜けした遊女を匿《かくま》ってもええことはないと脅したりしてね。それでも蓮音の居場所には、とんと繋《つな》がりまへんで」

諦《あきら》めに似た面持ちで楼主は言う。だが瑠璃は、何としてでも蓮音を見つけねばならなかった。あの桃の香をまとった女を、京中を虱潰《しらみ》しにしてでも探し出す。諦めるわけにはいかないのだ。

「そもそも蓮音太夫は、どういった経緯《いきさつ》で島原に来たのですか」

「そないなこと話しても――」

「教えてください。知らなければならないんです」

只ならぬ剣幕に圧《お》されたのだろう、楼主は億劫《おっくう》そうに口を開いた。

しかし、

「さっきも言いましたが、蓮音は十三の時に島原へやってきました。自ら身売りしに来たんどす。ですがそれまでのことは、私にもわかりまへん」

この答えに瑠璃は眉根を寄せた。

「わからない？　なぜ？　どこから来たかくらいはご存知のはずでしょう？」

「嘘なんかじゃおまへん、ホンマに何もわからへんのです。いかんせん蓮音は島原に来た時、記憶を失くしとったんですさかい」

「記憶を……」

「ええ、〝蓮《はす》〟という自分の名前だけは言えたのですが、その他は何も覚えてへんようでした。生まれも、親の名前すらも。すぐさま奉行所に届けましたけど、迷子の相談はあらへんとのことで。たとえ記憶はなくても……わからはるでしょ、あの妓《こ》はあの容姿で、言葉づかいも所作も人並み外れて美しかった。せやから白浪楼は身寄りの知れへん蓮を、遊女として引き取ることにしたんどす」

やられた——。瑠璃は奥歯を嚙《か》みしめた。

蓮音が自らを記憶喪失と説明したのは十中八九、嘘であろう。余計な詮索《せんさく》をされぬよう、記憶がないことにしたのだ。さらにはいずれ脱廓をした際に、誰も捜索できないようにと。

「なァあんたさん、何でそないなことを根掘り葉掘り聞くんどす？　蓮音と前に揉《も》めたようやけど、あんたさんこそあの妓とどないな関係なんや？」

訝《いぶか》しむ楼主の声なぞ、もはや聞いてはいなかった。

瑠璃は踵《きびす》を返し、無言で島原を立ち去った。

油小路通《あぶらのこうじどおり》に佇む瑠璃の頭上には、南方へと飛び去っていく燕《つばめ》たちの姿があった。夏に潑溂《はつらつ》としたさえずりを響かせていた巣はいずれもすでに、空《から》となっている。

――迂闊《うかつ》だった……。

瑠璃は首を垂れ、左手に持つ泥眼の面と額《ひたい》をあわせた。

伏見宿《ふしみじゆく》にて空腹に倒れていた自分を助け、黒雲への協力を買って出てくれた閑馬は、今や還《かえ》らぬ人となった。見開かれた両目。おびただしく広がる血。何者かの手により殺されたのであろうことは死骸《おろく》の有り様《さま》を見るに明らかであった。

瑠璃が率いる黒雲は現在、夢幻衆なる陰陽師の一派を追っている。京に突如として現れた「裏四神」――青龍、朱雀、白虎、玄武の神獣を模した異形。それらを操り、京を脅威に陥《おとしい》れている者こそが夢幻衆である。

裏四神は鬼と妖の体を融合させた言わば「妖鬼《ようき》」だ。洛東の祇園社《ぎおん》にて第一の神獣、裏青龍を倒した黒雲は、続いて第二の神獣、裏玄武と深泥池にて相対した。だがそこで瑠璃たちは驚愕《きょうがく》する。裏玄武に取りこまれていたのが、瑠璃の友である袖引き小僧、長助《ちょうすけ》であったからだ。

結果、黒雲は裏玄武に勝利した。かけがえのない友、長助の命と引き換えに。

夢幻衆の一員だった蟠雪の話によれば、残る二体の裏四神にはそれぞれ猫又の白《しろ》、山姥《やまんば》の露葉《つゆは》が融合させられている。一刻も早く彼らの居場所をつかまねば。そう考えていた矢先に、協力者である閑馬の死骸を見つけたのであった。

「よもやあの嫌味ったらしい太夫とやらも、夢幻衆の一人じゃったとはな」

と、瑠璃の腰帯に巻きついた黒蛇、飛雷《ひらい》が独り言《ひとご》ちるように述べた。

閑馬の死骸を発見した時、彼の家には桃の残り香がほのかに漂っていた。蓮音太夫が身にまとっていた、甘ったるい香の匂いが。

「ああ。島原から遠い蟠雪の診療所に出入りしてたのも、あの女が夢幻衆だってんなら納得がいく。診療所で出くわしたあの時だって、蟠雪と示しあわせてわざと鬼の話をわっちに聞かせたんだ」

飛雷に向かって返しながら、瑠璃は指の腹で能面をなぞる。

——蟠雪にしても蓮音にしても、奴らが夢幻衆だってことを、わっちは少しも気づけなかった。

心なしか泥眼の面が、いつも以上に侘《わび》しげな表情をしているように見えた。

——閑馬先生は……黒雲に関わりすぎたせいで殺されたんだ。

夢幻衆は黒雲に協力者がいると勘づいていた。その協力者が閑馬であることも突き止めていたのだろう。閑馬とは無関係を装い住む場所も別々にしてはいたが、それだけでは敵方の目をごまかせなかったらしい。黒雲の五人とは違って戦闘員でもない非力な邪魔者を排除することは、夢幻衆にとって造作《ぞうさ》もなかったはずだ。

絶命した閑馬の、冷えきった肌の感触を想起して瑠璃は固く目をつむった。

――わっちが閑馬先生を夢幻衆との争いに巻きこんだ。わっちが、あの人を死なせてしまったんだ。

閑馬の骸は荼毘《だび》に付された。魂は立ちのぼる煙となり、もはや手の届かないところへ行ってしまった。瑠璃たちは、お人好しだった彼の魂がせめて安らかに浄土へ向かえるようにと、ただ一心に祈ることしかできなかった。

喪失感が重く胸を覆う。しかしながら今、瑠璃の心を占める最も激しい感情が、こぼれ落ちんとする涙をせき止めていた。

それは怒り。静かに燃え盛る、闘志の炎である。

戦う術《すべ》がない閑馬はおそらく死の際にも抵抗すらほとんどできなかったろう。そんな彼を夢幻衆は一体どのような気持ちで、どのような表情をしながら殺したのか。考えるだにむごく、理不尽と言うより他ない。

――何が不死。何が永遠の命だ。

能面を持つ手に知らず、力が入る。眼差《まなざ》しに殺気が宿る。

閑馬は他者のために行動することを厭《いと》わない男であった。鬼を恐れながらも、彼らの内に潜む哀しみを知り、救済を望み、危険を冒してでも瑠璃たちに協力した。閑馬は断じて死ぬべき人間ではなかったのだ。まして彼の死の上に成し遂げられる永遠の命など、許されようはずもない。

「止まるな、瑠璃。閑馬のためにも」

飛雷の声が胸に染み入っていく。

寸の間を置き、瑠璃は宙を睨《にら》みつけた。

「夢幻衆どもは一つ、思い違いをしてる。閑馬先生を亡き者にすればわっちらを牽制《けんせい》できると踏んだんだろうが、その逆だ。お前の言うとおりさ飛雷。黒雲は、止まらない。奴らの思いどおりになぞなってやるものか」

夢幻衆のうち、蟠雪は死に、蓮音は行方不明。まだ顔も知らぬ最後の一人は当然、どこにいるかなど見当もつかない。

となると、残る夢幻衆の中で居場所がわかっているのはただ一人——。

瑠璃は能面を帯にしまい、東の方角へと再び歩きだした。

辿《たど》り着いた四条河原《しじょうかわら》には、目当ての人物がいなかった。おそらくは日銭を稼ぎに出払っているのだろう、河原には人の気配そのものが絶えている。

が、一人だけ瑠璃を迎える者があった。

「またいずれ、いらっしゃると思うとりました」

宝来《つるめそ》の翁《おきな》、与茂吉《よもきち》は曲がった腰をさらに折って軽く会釈《えしゃく》をしてみせた。声こそ以前と変わらず柔和であるが、翁の顔つきは、どこか瑠璃の来訪に戸惑っているようにも見てとれる。

「与茂吉さん。麗は、こちらにいますでしょうか」

一方の瑠璃もばつの悪い心持ちで尋ねる。

すると与茂吉は首を横に振った。

「生憎《あいにく》ですが、麗はここにはおまへん。日を改めても同じどっせ。あの子は近頃めっきり儂《わし》らに顔を見せへんのです。たまに現れたと思うても、すぐ逃げるようにどこかへ行ってしもうて」

「では自分の寝場所にもろくに戻っていないと？　いつからです」

「……あなたがここにいらした、あの日から」

小さく息を呑むや、瑠璃はそのまま押し黙ってしまった。

可能なら麗から蓮音の居場所を聞き出そうと思っていた。夢幻衆の一員である童女なら、他の構成員が今どこで何をしているか知っていると推したのだ。

しかし、麗が不在と聞いて言葉に詰まってしまったのは、目論見《もくろみ》が外れたことに落胆したからではない。元より麗が自分に易々と口を利いてくれることなど、まずもってないだろうと瑠璃は覚悟していた。

麗は瑠璃を憎んでいる。

彼女の父、正嗣《まさつぐ》という男は瑠璃と同じ産鉄民《さんてつみん》「滝野一族」の一人であった。だが当時五つであった瑠璃は血縁者である一族を惨殺して暴れまわり、一方で命からがら逃げ出した正嗣は、京の四条河原に落ち延びた――瑠璃は知る由もなかった。正嗣がよもや生きていたことも、自分への恨みを滾《たぎ》らせ生き鬼になったことも、彼に、娘がいたことも。

「…………」

滝野一族が滅びる元凶となった飛雷も、瑠璃と同様に重く口を噤《つぐ》んでいた。

麗が河原に戻らなくなったのは、考えてみれば至極当然のことだ。

――わっちに住《す》み処《か》を知られている以上、あの子はたぶん、戻りたくても戻れないんだ。

自分の顔など、見たくもないであろうから。

瑠璃は与茂吉に向かって頭を下げた。

「面目《めんぼく》次第もございません。麗がここに帰らなくなったのは、わっちのせいです」

「……そうかもしれまへんな」

地面の石ころを見たまま、身じろぎせず次の言葉を待つ。どんな軽蔑の言葉も、罵倒も、すべて甘んじて受け止めるつもりだった。与茂吉にとって麗は家族だ。瑠璃こそ麗が半人半鬼として生まれた原因であると知った今、温厚なこの翁もおちおち黙ってはいまい。

人殺し。麗の絞り出すようなあの声が、胸をぎりりと締めつけた。

「瑠璃さん。顔を、上げてくだされ」

と、思いもよらぬ言葉に瑠璃は目を見開いた。

見れば与茂吉は、物思わしげに白い眉を下げていた。

「あなたが儂に詫びなさる必要は、どこにもありまへん」

「ですが——」

「しんどい思いをしとるんは麗や。昔も、今も。せやさけ詫びの言葉なら全部、あの子に向けたってください」

返す言葉もなく再び黙りこんだ瑠璃を、与茂吉は「どうぞこちらへ」と掘っ立て小屋の方へ誘《いざな》った。何か見せたいものがあるらしい。瑠璃は言われるがまま砂利道を歩いていく。

そうして与茂吉が示したのは、掘っ立て小屋の間にひっそりと立つ、一体の古びた地蔵《じぞう》であった。

「これは儂ら宝来の守り神。と言うても、どこにでもあるようなお地蔵さんにしか見えへんでしょうがね。いつからここにあるかは儂にもわからんのですが、体の欠け具合からしてだいぶ年季が入っとるんでしょう。こない鄙《ひな》びた小屋に住んどっては神棚も仏壇も置けまへんさけ、儂らはこのお地蔵さんを代々、大切にしてまいりました」

翁は皺だらけの手で優しく地蔵に触れる。

「儂らのような日陰者が、貧しくも日々を過ごしておれるんはまさに奇跡と言うてえぇでしょう。苦しいことがあっても笑って生きてられるんは、神さんが助けてくださるから。そやよって神さんに感謝する心をゆめゆめ忘れたらあかん……儂は父から、父は祖父から、そう教えられてきたんどす」

「麗も、ですか」

与茂吉は頷いた。

「麗は今まだ十二ですが、あれでなかなか聡《さと》い子でしてね。小さな手で黙って毎朝、お地蔵さんを磨いとったものや」

翁の柔らかな視線が地蔵の傍らに向けられる。そこに、黙々と地蔵の体を磨く童女を見るかのように。

身分の差にかかわらず、神仏は慈悲をもって衆生《しゅじょう》を救ってくれる。その救いに感謝し、もし誰かが困っていたなら、必ず手を差し伸べよ。宝来に生まれた者は皆こう教えられて育つという。

――差別される側とする側、どっちの心が卑《いや》しいか知れるってモンだ。

虐《しいた》げられていても宝来の者たちは腐ることなく、誰かを助けようと考える。ゆえに漂泊民だった正嗣をも自分らの一員として迎え入れた。

――もし世の中がそういう考えを持つ人間ばかりだったら、差別だってきっとなくなるだろうにな……。

話を聞く中で瑠璃には一つ思い出されることがあった。産鉄民として虐げられていた滝野一族も遥か昔、傷ついた龍神、廻炎《かいえん》を助けたではないか。してみれば不当に世間から疎外された者は、同じく爪弾《つまはじ》きにされた者を見捨てることができないのかもしれない。

正嗣を受け入れた宝来。

廻炎を受け入れた滝野一族。

遠く離れていたはずの二つの共同体には、似通った面があるように思われた。

「瑠璃さん。あなたの過去を事細かに問い質《ただ》そうなどと思わんし、過去にしたことを責めるつもりもありまへん。ただ一つ、儂には確信しとることがおます。虐げられる者は、苦しみを知る者であると。そしてあなたもこちら側のお人や」

翁の言に、予期せず瑠璃は胸打たれた。

「苦しみを知るからこそ、助けを必要とする者に手を差し伸べられる。虐げられる辛さを知っとるからこそ、誰かに優しくできる。儂らのような者の心を美化する気はおまへんが、儂は、宝来に生を受けてよかったと思うとります。何よりここには愛すべき家族がおますさかい」

謂《い》われなき差別を受ける民は、残酷な賤視《せんし》から身を防ぐために閉鎖的かつ小さな共同体で過ごす。彼らが最も大切にするのは同族だ。俗世と隔絶して生きるしかない彼らにとっては、同族こそがすべてと言っても過言ではあるまい。

「でも与茂吉さん。わっちはその同族を、自分や正嗣の家族を……」

「ええ、知っとります」

翁は先んじて言葉を封じた。だがそれは瑠璃を非難するためではなかった。

「あなたや正嗣の故郷も、ここと同じで温かなところやったでしょう？」

「……はい。とても」

「そこで生まれ育ったあなたが――しかも当時は幼子やったはずのあなたが同族を殺《あや》めてもうたということは、きっと儂などでは思いもよらんような、抜き差しならぬ事情があったのでしょうな」

でなくば詫びの言葉も、麗を案じる言葉も出てはこないだろう。そう述べると与茂吉は改めてこちらへ体を向け、

「瑠璃さん、あなたにお願いしたいことがある。あなたの中にまこと過去を悔いる気持ちがあるのなら、どうか、麗を救ってやってくださらんか」

ためらいがちに瞬《まばた》きをする瑠璃に対し、与茂吉はさらに言葉を継いだ。

「麗自身は何も言わんが、今も夢幻衆に苦しめられとるんは確かや。けれども儂らの力ではどうしてもあの子を救ってやることができひん……。年の功とはよう言うたものので、何とはなしにわかるんどす。あなたなら麗を、決して悪いようにはせんと」

まさか与茂吉からこう言われるとは思ってもみないことだった。ともあれ誰に頼まれるまでもなく、気持ちはすでに固まっている。

——夢幻衆から引き離すだけじゃ足りない。麗の額にある角も、どうにかして取り除く方法を見つけないとな。

そう思った時、ふと、腰まわりに違和感を覚えた。見れば帯の上にいる黒蛇が巻きつく力を弱めている。

——飛雷……？

初めは居眠りをしているのかと思ったが、違うらしい。

理由はわからないが瑠璃の目には、黒蛇の首が、常ならぬ愁《うれ》いに沈んでいるように映った。

堀川上之町《ほりかわかみのちょう》にある塒《ねぐら》へ戻る頃には、風が一段と激しくなっていた。秋の風というのはなぜこうも物悲しく心を乱すのだろうか。

大切な者たちがひとり、またひとりといなくなっていく恐怖は底が知れなかった。命尽きてしまった友、長助。恩人であった閑馬。そして、未だ妖鬼の中に囚われたままの白と露葉——。

向かい風に肩をすぼめながら歩いていると気持ちも知らぬ間にふさいでいく。

　だがその時、

「あ、瑠璃さんっ。よかった、戻りがあんまりにも遅いから探しに行こうとしてたんだよ」

「……栄」

　黒雲の結界役である青年、栄二郎《えいじろう》は、瑠璃の姿を認めるなりすぐにこちらへと駆けてきた。

「島原まで行ってたんだよね？　太夫は、どうだった？」

「ひと足遅かった。雲隠れした後だったよ」

　そっか、と栄二郎はため息をこぼす。瑠璃も言葉に迷い、俯《うつむ》いた。

　さりとて青年が気落ちすることはなかった。

「大丈夫、皆で探せばきっと見つけられるよ。だから元気出して、ほら」

「うん……」

「さあ一緒に帰ろ――ってあれ、飛雷はッ？」

　瑠璃の腰元を見るや栄二郎は素《す》っ頓狂《とんきょう》な声を上げる。それもそのはず、帯の上に巻きついているはずの黒蛇がいないのだ。

「飛雷なら四条河原に置いてきた」

「な、何で？」

「麗が河原に戻ってこないそうなんだ。きっとわっちを警戒してるんだと思う。だから飛雷に頼んだんだよ。もし麗を河原付近で見つけたら、こっそりあの子の後を尾《つ》けるようにって。今のところは鬼退治の予定もないから平気さ」

瑠璃と飛雷は魂で繫がっているため、何かあれば胸から召喚することもできる。頼みを聞いた飛雷は「引き受けよう」と言って河原沿いの茂みに留まった。瑠璃と同じ罪を抱えている黒蛇も、麗の動向が気がかりなのだろう。

「何だびっくりした、喧嘩でもしたのかと思っちゃったよ。そういうことなら心配いらないね」

「……でも飛雷の奴、何か変なんだ」

「変って？」

瑠璃は黒蛇の様子を思い返した。

「宝来の与茂吉さんと話してから、やたら落ちこんでるように見えたんだ。麗のことも頭にあるんだろうが、どうもそればっかりじゃないみたいでさ。聞いてもいまいち要領を得ないし、終《しま》いにゃ縁起でもないことを口走ったりして。あいつがあんな風だとわっちの調子も狂っちまうよ」

魂と魂が繋がっているということは、「感情」も多かれ少なかれ共有してしまうものなのかもしれない。

嘆息する瑠璃を、栄二郎は気遣わしげな目で見つめていた。

「いずれ飛雷ともじっくり話す時間を作った方がよさそうだね。それにしても瑠璃さん……あーあ、髪がこんなぼさぼさになっちゃって」

言いながら手を伸ばし、瑠璃の顔にかかった髪をささっと整える。

片や瑠璃はといえば、我知らず青年の顔を凝視していた。

――またこれだ。一体どうしちまったんだ、わっちは？

どことなく、妙であった。栄二郎のことは彼が十の頃から知っている。今とて毎日晴で顔をあわせているにもかかわらず、彼の顔つきが、今までと違って見えるのだ。

――それにここんところ、栄と一緒にいると何だか、胸が……。

ぱち、と二人の視線がかちあった。

「ん？　どうかした？」

「あ、いや、何でもない、です」

「何その口調」

小首を傾げ、栄二郎はいつもどおりの笑みを浮かべた。

「じゃあ行こう？　権さんと兄さんも夕餉《ゆうげ》の支度をしてるからさ、野分の日くらいは皆でゆっくりしようよ、ね」

瑠璃は小さく首肯する。同志と肩を並べて歩くうち、今の今まで乱れていた心は、不思議なほどに和《やわ》らいでいた。

以前は騒がしいくらいの賑やかさであふれていた皆には、打って変わって静けさが満ちていた。寒々しささえ覚えるのは季節が変わったからだけではあるまい。

「お恋《れん》たちは？」

そう問うた瑠璃に対し、台所で夕餉を準備していた権三《ごんぞう》と豊二郎《とよじろう》は手を止めた。

「皆、二階にいます」

「まだふさぎこんでてさ……宗旦《そうたん》も一緒だよ」

瑠璃は上階へと耳を澄ませてみる。

蟠雪の「妖狩り」から辛くも逃れたのは、信楽焼《しがらきやき》の付喪神《つくもがみ》、お恋。同じく付喪神である狛犬のこま。油すましの油坊《あぶらぼう》に、髑髏《がしやどくろ》のがしゃだ。京で出会った宗旦は、死んだ閑馬の用心棒を務めていた妖狐《ようこ》である。

いつもなら階下にまで聞こえてくるはずの笑い声も、足音とてなく、二階はうら寂しいほどに静まり返っていた。長助の死に面した妖たちはあれからずっとものも食わない。大好きな菓子にも酒にも手をつけようとせず、ただひたすら沈黙を貫いているのだった。

なまじ普段が賑やかなぶん妖たちの声がしない時はまるで火が消えてしまったかのようだ。権三も、豊二郎と栄二郎の双子も心配そうに天井を見上げていた。

「……ちょいと行って、あいつらと話してくるよ。いくら妖が食わなくても平気だからって、せめて夕餉くらいは一緒に囲んだ方がいいもんな」

瑠璃がそう言って二階に上がろうとした時だ。

奥の間の襖《ふすま》がすっと開き、中から錠吉《じょうきち》の声が聞こえてきた。

「瑠璃さん、戻りましたか」

「ああ錠さん、今日もそっちにいたのか」

奥の間から出てきた錠吉は、両手いっぱいに書を抱えていた。坊主頭に眉目秀麗《びもくしゅうれい》な目鼻立ちをした彼はきりりとした表情こそ平時と変わらないが、目元に若干の疲れが見受けられる。

「話したいことがあるんです。皆こっちへ」

そう短く告げるや、錠吉はまた奥の間に引っこんでしまった。

一体何の話だろう。「夕餉の支度が……」と不満げな豊二郎を引き連れて奥の間へ入った途端、瑠璃たちは一様に泡を食った。

「んな、何じゃこりゃっ」

「いつの間にこんだけの本が――」

畳の上に見たのは、二百を優に超えるほどの大量の書物であった。文机《ふづくえ》にもうずたかく積まれた書の山。いずれもまっすぐに整頓されているのが几帳面《きちようめん》な錠吉らしいのだが、こうも量が多いとかえって異常なものを感じてしまう。

実は錠吉、祇園社にて初めて夢幻衆と対峙してからというもの、陰陽師にまつわる書をまめまめしく掻《か》き集めていたのだった。一冊、また一冊と運びこむうちに奥の間は狭くなっていき、ついには錠吉しか入らない「開かずの間」と化してしまった――入るなと言われたわけではないが、豊二郎がある時うっかり本の山を崩して錠吉から無言の眼差しを向けられたために、入らないでおこうと四人で話しあって決めたのである。

「東寺《とうじ》の書庫から陰陽道に関する書をすべて借りてきたんです。真言密教《しんごんみっきょう》と陰陽道には昔から繋がりがありますから、古い文献も多く残っているんですよ」

圧倒される瑠璃たちを尻目に錠吉は書物をまとめ、五人が座る場所を手際よく作っていく。東寺は彼の師、安徳《あんとく》がいる真言密教の根本道場だ。

「あとは京の貸本屋を巡って、陰陽師の伝承をつづった黄表紙《きびょうし》やら合巻《ごうかん》やらを雑多に集めていたら、こんな塩梅《あんばい》に」

「錠よ、純粋な疑問なんだが……これは返す時、どれを誰に返すかわかってるのか」

「当たり前だ」

間髪《かんはつ》容れず返ってきた答えに、問いかけた権三も舌を巻いていた。

こうして五人は書の山に囲まれるようにして車座を作った。

「すうっげえぇ。錠さんが寝る間も惜しんで奥の間にこもってたのは知ってたけど、まさかこんな量の本を読みこんでたなんてなあ」

いかにも難解そうな一冊の本に触れようとして、豊二郎はハッと手を引っこめる。下手に触れればまたしても錠吉に見咎《みとが》められると思ったのだろう。

一方で感嘆とともに書の山を眺め渡していた瑠璃は、最後に錠吉へ顔を向けた。

「これだけの本に目を通すのはさぞ大変だったろう。ありがとうな錠さん」

「大変でしたが苦ではありませんでしたよ。俺は元から学ぶことが好きですし」

「それでどうだ、夢幻衆について、何かわかったことが？」

錠吉はこくりと首肯した。

「……ではまず手始めに、蘆屋《あしや》道満の話からしていきましょうか」

を引きしめた。

蘆屋道満。夢幻衆の黒幕であり「麒麟」と称される人物だ。瑠璃たちは自然と眉宇《びう》

伝承によれば道満は播磨国《はりまのくに》の出身で、悪道に走った末に京で斬首されたとか、生国の播磨に流されそこで没したとも伝えられている。浄瑠璃や歌舞伎では大男として演じられることの多い役柄だ。

「ともあれ道満にまつわる逸話はどれも不確かなものばかりです。ある書物においては、蘆屋道満は陰陽道の第一人者、安倍晴明《あべのせいめい》公と敵対していたとあり、また別の書物では、晴明公の弟子であったと記されていました」

「まったく逆のことが書かれてたってわけだな」

「はい。いずれにせよ道満が晴明公と何がしかの関係を結んでいたことは間違いなさそうですが、どれが真実かは見極めがたい」

さらに錠吉は続けた。

「晴明公との関係性はひとまず置いておいて、一つ興味深い文献を見つけたんです。道満が、晴明公の所持していた〝金烏玉兎集《きんうぎょくとしゅう》〟なる書を盗み出した、と」

言って一冊の分厚い本を手に取り、ぱらぱらめくってみせる。

「しかし盗みが発覚したために、道満は京を追放されたそうです。その後は故郷に戻

ったともされていますが……はっきり言って、消息は不明のようで」

「その、ナントカ集ってのはどういう本なの？」

こう尋ねた栄二郎に対し、錠吉は、一拍を置いて答えた。

「金烏玉兎集には、不死になるための秘儀が記されていたそうだ」

一同は思わず顔を見あわせる。

蟠雪が漏らしていた「不死の秘法」とは、まさにそれのことではないのか。

瑠璃は記憶を辿る。老いさらばえて死ぬ直前、蟠雪は確か、夢幻衆の計画をこのように明かしていた。


――結界が張られておよそ千年、今の四神は昔のようには役目を果たしてへん。せやから俺らが妖鬼を使って四神の力をすべて握り、麒麟に注ぎこむ。そうして四神の力を一身に受け取った麒麟が〝不死の秘法〟を行えばあら不思議、永遠の命がもたらされる……。

不死になる術が記されていた金烏玉兎集――それを盗んだということは、道満は当時からずっと不死を望み続けてきたのに違いない。

「なあ錠さん、平安の京にいた道満が今も本当に生きているとしたら、優に八百歳は超えてるよな？　そんな長い年月をどうやって生き永らえてきたっていうんだ。道満にどんな力が備わってたのか、本に書いてなかったか？」

宗旦の話によると晴明は狐の血を引いていたということだが、強力な陰陽師と目された道満にも何らかの力の源があって然《しか》るべきだ。されどこの疑問には、さすがの錠吉も答えを持ちあわせていないらしかった。

手段はどうあれ、道満は八百年もの時を生きてなお、満足することなく不死を求めている。夢幻衆を従え、己が欲望のために罪もない鬼や妖を苦しめているのだ。

——そうまでして不死になりたいだなんて、わっちには理解できねえよ。

理解したいとも、思えない。そのために巻き添えを食った長助や閑馬のことを考えればなおさらだった。

「ところで麒麟は元々、天子《てんし》さまの存在そのものだったという話ですが」

淡々と錠吉が言葉を連ねる。

「今の天子さまが道満であるという仮説は、やはり成り立たないでしょう」

「……確証は？」

「瑠璃さん。あなたは吉原《よしわら》にいた頃、天子さまに謁見《えっけん》されましたよね」

「謁見ていうか、あっちが勝手に吉原まで来たんだ」

「天子さまはおいくつに見えましたか」

「十かそこらのガキんちょだったけど」

あえてなのか、錠吉は瑠璃の不敬な物言いを正そうとはしなかった。

「そう。そして実際に将門《まさかど》公との決戦時、天子さまは十五歳であらせられ、今年は二十一になられた。それは絶対に間違いありません。天子さまがお生まれになった当時の生き証人は今も多く健在ですからね」

錠吉は言う。昔々の御所が京の中心部にあったのは、確かに帝《みかど》が「麒麟」となって四神の力を受け取るためだったと。しかしながら当時、平安京の造営は資金難により早々と頓挫《とんざ》した上、民は左京にばかり集中した。湿地帯であった右京は人が住まなくなったせいで荒廃。さらに時代が下り、住みづらい地盤を嫌がった時の帝は、御所を現在の位置に移動させてしまったという。つまりはせっかく組んだ四神相応の結界を自ら捨ててしまったのだ。蟠雪が述べていた「今の四神は昔のようには役目を果たしていない」とは、力を注ぐべき対象がいなくなったという意味だったらしい。

もし当代の帝、兼仁《ともひと》天皇が蘆屋道満であるならば、麒麟となるべく何としても御所を元の位置に戻すだろう。三年前に起こった大火災は移転の好機になりえたはずだ。

が、御所は変わらず左京に再建された。

　したがって兼仁天皇は蘆屋道満ではない。錠吉は確固たる自信をもってそう結論づけた。ただし、

「進んで麒麟になろうとしていなくとも、天子さまが歴代の帝と同じく麒麟の系譜を継ぐ存在であることには変わりありません。ですからそこらの書物にも残されていないようなこと——たとえば四神相応にまつわる、俺たちも知らない情報を持っていらっしゃる可能性は高い」

「なるほど。じゃあ何とかして帝から聞き出してみねえとな……」

　そうは言っても帝は厳重な警備の敷かれた御所の内にいるのだ。一介の民である瑠璃たちがいかにして接触できようか。昔と今では状況が違う。六年前、帝は瑠璃と対面すべく秘密裡《り》に御所を抜け出した。それとて前代未聞のことであり、あまつさえ黒雲の側から接触を図るのは不可能と言わざるを得まい。かつての敵である帝がこちらの疑問に気さくに答えてくれるとも思えない。

　ところがこの難題を、錠吉はいともあっさりと流してしまった。

「天子さまに接触する方法ならあります。ですがこれは後で説明しましょう」

「後でって」

「いやいや錠さん、気になるだろっ」

双子の不平ももともせず、錠吉は座り直して背筋を正した。

「それよりも、今はここからが本題だ。夢幻衆や裏四神と対峙するにあたって、陰陽道についての大体の知識を皆とも共有しておきたい」

と、瑠璃は目をしばたたいた。感情を今一つ表に出さない錠吉の両目が心なしか、きらりと光っているように見えたのだ。

「第一に、陰陽五行説《いんようごぎょう》の話から。陰陽とは文字どおり陰の気と、陽の気。五行というのは木火土《もっかど》金水《ごんすい》、五つの気を指していて――」

「あっ。それ、蟠雪も診療所で同じようなことを言ってたぞ」

「ええそうでしょうとも」

錠吉はぐるんと首を瑠璃に向けるや、大きく頷いてみせた。その目はやはり無垢《むく》な童子のごとく光り輝いている。

どうやら得た知識を誰かと共有するのが楽しくて仕方ないらしい。

――へ、へえ……錠さんもこんな顔するんだ……？

知らなかった一面にたじろぎつつも、瑠璃は錠吉の語るに任せた。

「この世のすべては陰と陽、木火土金水によって構成される。陰陽道は基本、この陰陽五行説にのっとって物事を捉えます。太陽は陽、月は陰。男は陽、女は陰という風にね。陰と陽は対をなし、互いに影響しあう」

特に重要なのは「地上の人間」と対になる「天の星々」だという。

「星の動きに異常があれば、次いで人の世にも悪しき災いが起こるのが道理。ですから陰陽師は天文を観測することによって、事前に災いの予兆を知ろうとしたのです」

「ふんふん」

「たとえば歳星《さいせい》は天子さまを象徴する星で、彗星《すいせい》は新たな世へと変わる兆《きざ》しを教えてくれます。熒惑星《けいこくせい》に常ならぬ動きがあれば兵乱の恐れあり、つまり戦《いくさ》が起こるということだ」

「なぁるほ、ど？」

「ちなみに常ならぬ動きとは星々が互いに接近する、あるいは完全に重なりあうことでこれを犯《はん》といいます。歳星が辰星《しんせい》と近づけば干害が起こり、太白星《たいはくせい》と近づけば水害が起こる。このように星読みを行い、先々を占って奏上することが陰陽師に課せられた一番の任務でした」

「……」

「なお彗星は大凶の徴《しるし》と見る向きもあります。赤い蚩尤気《しゆうき》や白虹《はっこう》が太陽を貫くのも不祥の前触れ。北極星や北斗を含む紫微垣《しびえん》は——」

流れるような錠吉の口ぶりに、瑠璃たちはそのうち相槌《あいづち》を打つことすら憚《はばか》られ、黙って耳を傾ける。

彼の講釈は半刻《はんとき》もの長きにわたって延々と続いた。

「——こうしたことからわかるように、平安の時代、疫病や天変地異など得体の知れない災いは天文から予期することができ、それらはすべて〝魔〟の仕業《しわざ》とされたそうです。そこで陰陽師は陰陽五行説を基《もと》に魔の正体を明らかにし、呪物や呪禁《じゅごん》を用いて見事に祓《はら》ってみせた。と、これが陰陽道の〝基本のき〟です。ここまでは理解できましたか？」

「……錠さん」

「何でしょう？」

「その、ごめんな。全っ然わからんかった」

「えっ」

いつになくいきいきとした錠吉とは反対に、瑠璃は、何とか欠伸《あくび》をこらえるので精一杯の有り様であった。

錠吉はよもやという目を権三に投げる。

その権三は困り顔で頭を掻いていた。

「すまん錠、俺も途中からちんぷんかんぷんで。こんなに短い期間でそれだけのことを習得してしまうなんて、お前はやっぱりすごい奴だなあ、ということだけはわかったが。はは」

「そんな。豊と栄……は、寝てる……」

長すぎる講釈に耐えきれなかったのだろう、双子は互いの肩にもたれるようにして眠りこけていた。

錠吉の口から深いため息が漏れた。一方で瑠璃と権三は申し訳なさの滲《にじ》む顔を見あわせるばかりだ。黒雲の中で誰より頭が切れる錠吉はそのぶん、他人に「合わせる」ということをやや不得手《ふえて》としているのだった。

「俺としてはできるだけ掻いつまんで話したつもりだったんだが」

「え、あれで……？」

「天才かよ」

——わっちだって勉学は嫌いじゃないけど、錠さんにゃとてもかなわねえ。世が世なら、錠さんは晴明公に並ぶくらいの陰陽道の大家になってたかもなあ。

呆気《あっけ》に取られる二人をよそに、

「やれやれ。次は陰陽師が扱う呪禁を説明しようと思っていたのですが、仕方ない。思いきり省いて要点だけ言うことにします」

「お、お願いします……」

半《なか》ば自棄《やけ》になったのか、錠吉は足を崩して胡坐《あぐら》をかいた。

「いいですか、夢幻衆が修する陰陽道は、正統な陰陽道とは少しずつ異なっています。ここではひとまず〝道満流〟と称しておきましょう。それを知れば、夢幻衆の次の一手を先読みすることもできなくない」

その道満流についてもすでに大まかな分析を終えたという。

瑠璃と権三は今一度、姿勢を正した。

「すでにご存知かと思いますが、四神というのは東西南北の方位だけでなく、四季を司る神獣です」

青龍は春。朱雀は夏。白虎は秋。そして玄武は、冬を司っている。

「四神の力を借りたいならば、普通は四季に沿うべきだ。つまり春夏秋冬――青龍、朱雀、白虎、玄武の順に」

ところが夢幻衆の発現させた裏四神たちは、四季の摂理を無視しているのではないか。錠吉はこう思い至ったそうだ。

「裏青龍も春を司っているとするなら、次に発現させるのは夏を司る裏朱雀のはず。ですが、俺たちが戦ったのは」

「裏玄武……冬か」

錠吉は神妙な顔つきで頷いた。

「おそらく夢幻衆は四季を逆に巡らせているんです。春夏秋冬ではなく、春、冬、秋、夏といった具合に。あえて逆にすることで正統な陰陽道とは違う効果を……言うなれば邪《よこしま》なる効果をもたらそうとしているのかもしれません。あの〝禍ツ柱〟という巨柱があれほどの邪気を漂わせているのも、おそらくはそれが原因かと」

裏青龍と裏玄武を倒したと同時に現れた禍ツ柱。あれが何なのかは依然として不明である。ともあれ裏四神が出現する順番さえ知れたなら、

「次に戦うことになるのはまず間違いなく秋、すなわち洛西の裏白虎でしょう。あとは場所さえわかればしめたもの。夢幻衆にひと泡吹かせるのだって、難しくはありません」

そう断言する錠吉の面差しには、緊張と、そして一抹の懸念が見え隠れしていた。

「洛西の、裏白虎……」

彼が何を案じているかは、聞くまでもない。瑠璃は帯に提げていた携帯用の煙草《たばこ》入

れを取り外した。

そこには象牙《ぞうげ》でできた小さな根付《ねつけ》がつけられていた。

友が照れ隠しをしながらくれた、白猫の根付が。

――山姥は妖艶な化鳥《けちょう》に、そして白猫は……ひひ、傑作やで。白猫は、でっかい虎になりよった。

激しさを増し続ける野分が、蔀の戸をがたがたと揺らす。

――白。

瑠璃は心の中で友に語りかけた。

――お前は必ず、わっちが助ける。夢幻衆なんぞに囚われたままには、絶対にさせないからな。

影の差し始めた奥の間にあって、白猫の根付は小さく、淡い光を宿しているように見えた。

二

錠吉は夢幻衆に先手を打つべく作戦を立てた。しかし肝心の、夢幻衆が潜伏している地——すなわち裏白虎の潜む場所がわからない限り、どれだけ上等な作戦を立てたところで無駄なことだ。

とはいえ木嶋大路を白虎に見立てたという史実を鑑《かんが》みるに、必然的に裏白虎もその近辺に隠されているだろう。木嶋大路は現在でいう周山《しゅうざん》街道。場所は絞れている。瑠璃たちは朝方に見世を出てめいめい洛西で聞きこみや調査を行い、夕暮れになれば見世に戻る生活を繰り返していた。

が、芳《かんば》しい成果は得られぬまま時は過ぎた。

——わっちが祇園会《ぎおんえ》で最初に裏青龍を見たあの日、裏白虎は、渡月橋《とげつきょう》に現れた。

ブン、と包丁が風を切る。

日がのぼった卯《う》の刻《こく》。瑠璃は見世を出るまでのひと時を、裏庭で過ごすことに決めていた。

　――裏白虎は今もあの近くにいるはずなんだ。なのに見つからない。怪しい噂の一つも聞かないなんて、どうもおかしいな……。

　裏庭に落ちた公孫樹《いちょう》の葉を手に取り、宙に投げる。落ち葉はゆっくり回転しつつ地に向かって落ちていく。

「これは斬る」

　瑠璃は縁側に置いてあった刺身包丁を握るや横に振る。葉は切り口も美しく真っ二つとなった。続けざまに落ち葉をもう一枚拾うと、寸の間、目を閉じる。

　再び空中で葉を手放す。ひらり、ひらりと宙をさまよう落ち葉。

「……これは、斬らない」

　自らに言い聞かせ、直ちに包丁を握りしめる。今度は力まぬように左腕をしならせる。包丁の刃が葉に触れる瞬間、瑠璃は強く念じた。「絶対に斬らぬ」と。

　しかし思いも空しく、地に落ちた葉は、すっぱり二つに断たれていた。

「ぐぬぅ……」

　たまらず腹の底から口惜しい声が漏れた。今まで幾度となく同じことを繰り返してきたのだが、結果は同じ。これだけ強く念じても駄目なのか。瑠璃は左手に握った刺身包丁の刃を八つ当たりも同然に睨んだ。

「おい豊っ。この包丁、研ぎすぎなんじゃないのか」

「はあぁ？」

錠吉と権三はすでに塒を出ている。台所から返ってきたのは心外とでも言いたげな豊二郎の大声だった。

「滅茶苦茶なこと言いやがるぜ。鋭くなきゃ包丁じゃねえだろうに」

「そりゃそうかもしんねえけど、ちっと触れただけで切れちまうなんて」

「料理人が包丁の手入れをするのは当たり前だろ？　飛雷が戻ってくるまで修行に使いたいって言うから貸してやったのに、文句言うなら返せよなっ」

瑠璃は嘆息を一つすると、天を仰いだ。

吹き荒れていた野分は去り、秋の気配が日増しに強まりつつあった。庭に植えられた公孫樹の木も所々がうっすら黄金に色づき始めている。高く澄みきった空に広がるのは見るに爽《さわ》やかな青色だ。

だが瑠璃の口から漏れ出るのは、倦《う》んだ長息《ちょうそく》ばかりである。

——くそっ、うまくいかねえなぁ……。

足元へと目を転じれば、裏庭には、真っ二つに断たれた葉がそこかしこに散らばっていた。

　麗へのせめてもの罪滅ぼしのため、瑠璃は童女の額にある「鬼の角」を取り除かんと決意した。麗を斬らずして鬼の怨念を斬る。この斬り分けができたなら裏四神と相対する際にも鬼だけを斬り、妖を救い出すことが叶うだろう。

が、事はそう単純ではない。土から顔を出す雑草を刈っても地中に根が残ってしまうように、額の角の見える部分だけ斬り落としても、童女の中に根を張る怨念までをも消し去ることはできまい。要は相手に刃を当てつつも相手を斬らず、内に巣くう怨念のみを根こそぎ取り除かねばならないのだ。まるで雲をつかむような話である。

　元より今までは、対象を確実に斬ることしか考えていなかった。何を斬り、何を斬らないかなどと区別する必要すらなかった。刃を当てなければ斬れず、かといって当てれば斬らぬと決めたものまで斬れてしまう——これが変えられぬ世の道理ならば、修行などしてみたところで詮《せん》ないのだろうか。

　瑠璃は刺身包丁を眺めて途方に暮れた。

——やっぱり飛雷じゃないと駄目なのかもしれない。あいつとわっちとで意識を統一すれば、もしかしたら。

　されど黒蛇は四条河原で別れてからというもの、十日も塒に戻ってきていなかった。もしや何かあったのだろうか。否《いな》、飛雷に限って滅多なことはないはず。瑠璃は胸元の印に、飛雷の存在を間違いなく感じていた。

——瑠璃よ。お前が死ぬ時、我も死ぬ。

包丁を見つめる目にふと、憂慮の色が差す。胸に回顧したのは黒蛇の声。四条河原での別れ際、飛雷が発した言葉であった。

「のう瑠璃。翁の話を、お前はどう思った」

河原の端にて麗の尾行を段取りしていた折、黒蛇は唐突にこう尋ねてきた。

「お前がそんなことを聞くなんて珍しいな。与茂吉さんと話す間も考え事をしてたみたいだが、何か気になることでもあったか？」

「……我は、宝来の民らが信ずるような神ではないのじゃろうな」

眉をひそめる瑠璃に背を向け、飛雷は掘っ立て小屋の並ぶ方角を見やった。

「我は太古より今まで命を繋いできた、まさしく不死に近い存在よ。なれば夢幻衆も、ひょっとすると神になりたいのやもしれんな」

「まあ、奴らが喉から手が出るほど欲しがってる不死を、お前は最初っから手に入れてるようなモンだからな」

「されど不死は、人間が思うほどよいものではない」

黒蛇は問うた。己より儚《はかな》き命が生まれては消えるのを見続けることが、真に幸せと言えるのか。生きるとは何か、死ぬとは何か、そんな答えなき問いを際限なく繰り返していくことが――。

「我にはわかる。夢幻衆や道満が不死となったところで、いずれ永遠なる時の流れに飽き飽きしてしまうのがオチぞ。人間であればなおさらな……。ならば神とは、何じゃろうのう。ただ長く生きることが偉いのか。強いことが偉いのか。我に往時の力はないというに」

飛雷の意図しているところがつかめず、瑠璃はますます眉根を寄せた。

「人間に掌《てのひら》を返されたあの時から、龍神はもはや、この世に必要とされなくなったのやもしれん」

問わず語りに言葉は続く。

「じゃが我は、それが許せなんだ。天候を司り、豊穣をもたらし、愛をもって人の世を守っておったのに、何ゆえ裏切られねばならぬのかと……。多くを殺めた。憎悪の赴《おもむ》くまま、罪なき者の命も、数えきれぬほどに。幼かったお前の手を、血に染めさせてまで」

「でも飛雷、お前は、刀となってたくさんの鬼を救済してきたじゃないか」

我慢ならず口を挟むと、

「殺めた数と同じだけの魂を救えば、罪は消えるのか」

この返しに瑠璃はぐっと言葉を呑みこんだ。

「……どうしちまったんだよ。偉大なる龍神サマが、らしくないじゃないのさ。短気でふてぶてしいのがお前だろ？　与茂吉さんの話がそんなに引っかかったのか？」

「与茂吉の話は、単なるきっかけの一つに過ぎぬ。覚えておるか瑠璃。廻炎が死に際に言うたことを」

さび猫の体に魂を移し生き永らえた、三龍神が一体、廻炎。平《たいらの》将門との決戦を終えて命果てる時、瑠璃と飛雷に向かって廻炎は「龍神の志」を託した。

人を守る志。「瑠璃の浄土」という理想を説いてくれたのも廻炎であった。

「覚えてるも何も、忘れるはずないだろ。だからわっちらは江戸を離れてからもずっと闘ってきたんじゃないか」

「そうじゃな。されど廻炎はこうも言うた。長く生きすぎた、と」

いよいよ困惑する瑠璃を横目に、黒蛇は地へと視線を落とす。

蛇の表情など読み取れるわけもないのだが、瑠璃はなぜだか飛雷の姿から、「疲れ」に似た哀愁を感じていた。

「お前と我は一心同体じゃ。瑠璃よ。お前が死ぬ時、我も死ぬ。さすればこの果てしなき業《ごう》からも、解き放たれるのであろうか」

「おい、飛雷……」

「麗というあの娘に出会って思うたのじゃ。我が悠久の時を今に至るまで生き続けておるのは、それ自体が罰ではないかと。我は今、何のために生きておるのか……時折、考えてしまうのじゃ」

――あんなに気弱なことを言う飛雷は、初めて見た。

塒の庭に佇んだまま、瑠璃はここにいない黒蛇へと思いを馳せる。

飛雷が言ったように胸元の印で魂が繋がっている限り、瑠璃の死はすなわち飛雷の死を指すだろう。さりとて瑠璃の知っている飛雷は己の死を甘んじて受け入れることなど決してしない。いくら人間への憎悪を捨てて改心したといっても、瑠璃との心《しん》中《じゅう》まで己が運命として受け入れるような性分ではないのだ。それがあのような発言をするとは、一体どのような心境の変化か。

きっと麗に対する罪の意識が、飛雷の心にも暗い影を落としているのだ。瑠璃はそう思った。

——飛雷だって根っからの邪龍ってわけじゃなかったんだから、麗と出会って自分の行いを省《かえり》みただろう。犯した過ちを改めて突きつけられて、それであぁして気分がふさいじまってるんだ。はっきりとは言わなかったけど、たぶん。

だとすれば、やるべきことはすでに決まっている。麗のためにも斬り分けの修行をすることは飛雷も納得ずくであったが、

——ちゃんと河原を見張ってるならいいけど、どこかをぶらついてるんじゃねえだろうな？　龍神ってな気まぐれだからなぁ。あいつがいなきゃ修行もとんと進まねえってのに、いつになったら帰ってくるんだよ……。

悶々としながらも、今は己でできることを進めるより他になかろう。

「よし、もう一回だ」

瑠璃は大きく息を吐いた。気を取り直して落ち葉を拾い、またもや宙に放る。すると吹きつけた風が葉の動きを変えた。

後方へと舞っていく落ち葉。その軌道を目で追いかける。

——これは斬らない、斬らない……。

念じながら振り向きざま、包丁を勢いよく振った時。

「づあああッ」

瑠璃は面食らった。いつの間にやら背後に人影が立っていたのだ。

「あ、あぶ、あぶねぇ――」

「がしゃッ？」

すんでのところで斬撃を免《まぬか》れた髑髏は、哀れにも縁側で海老《えび》ぞりになりカタカタと震えていた。

「ひゃああ大変ですっ」

「がしゃどのぉっ」

「大丈夫かお前？」

次いで駆け寄ってきたのも妖たちだ。お恋、こま、油坊の三者はがしゃを助け起こし、骨に切れ目が入っていないかと大慌てで確かめる。

「こんにゃろう瑠璃、俺を殺す気かッ？　本気でびびった、漏らすかと思った」

「悪い、集中してたから気づかなくて」

と、瑠璃は妖たちの姿をまじまじ見つめた。

「お前たち……やっと二階から下りてきたんだな。こうして話すの、何だか久しぶりな気がする」

対する妖たちは、どこか面映《おもは》ゆい様子で視線を交わしあっていた。

やがて油坊が口を切った。

「裏庭から聞き慣れない物音がするもんだから、その、何かと思ってな」

ふ、と瑠璃は小さく微笑んだ。これまでどれだけ声をかけてみても、妖たちは俯くばかりでろくに瑠璃の目を見ようともしなかった。同じ妖である長助の死はそれだけ彼らの心を打ち砕《くだ》いてしまったのだ。

瑠璃とて気持ちは妖たちと一緒だった。長助の死を呑みこむことは今もできていない。そう簡単に受け入れることなど、できるはずがない。が、だからこそ、友を喪《うしな》った哀しみをともに分かちあうべきではないだろうか。一つ屋根の下にいるのだから、なおさら——こうした切なる訴えが、ようやっと妖たちに届いたのである。

外出の支度をしていた双子もまた、妖たちの様に目尻を緩《ゆる》めていた。

「あれ？　ねえお恋ちゃん、毛の量が前より多くなってない？」

栄二郎が狸の体を見て問う。言われてみればお恋も、こまも、ふさふさの毛がいっそう量を増していた。

これはどう見ても冬毛だ。

「何だか寒くって……ねえこまちゃん」

「うむ。近頃めっきり冷えこんできたのだ」

この言に、はてと瑠璃は首をひねった。

「そうだ瑠璃、炬燵《こたつ》を買ってくれないか？　俺も凍えそうなんだ」

「おい待て油坊、お前は着こんでるからマシだろうが。俺なんか見てみろよ、裸一貫だぜ？」

「裸というより骨一貫だな」

油坊もがしゃもぶるると身をすくめている。なるほど袷《あわせ》の着物に更衣《ころもがえ》すべき時節にはなったが、それでも今はまだ長月《ながつき》の初めだ。

不思議がる瑠璃の一方で、栄二郎がさっそく羽織をひっかけた。

「そういえば寒さへの備えをしてなかったよね。いい機会だから冬支度を整えておこうか。火鉢と炭と、あとは褞袍《どてら》もいくつか買ってきた方がいいかな」

「おう、任せたぞ栄」

兄に見送られつつ、栄二郎も意気揚々と外へ出ていった。

「まあ、確かに肌寒くなってきたもんな。それはそうとお前たち、宗旦はどうした？」

瑠璃の問いかけに、妖たちは一転して黙りこんだ。

――きっとまだ二階でふさぎこんでるんだろうな。

そう思い様子を見に行こうとした矢先、

「瑠璃はん……」

か細い声を聞いた瑠璃は油坊の背後を見やる。当の宗旦が、泣き腫《は》らした顔で階段を下りてくるところであった。

「なあ瑠璃はん、どうしたらええのん。おいら、おいらが」

瑠璃は縁側に上がると宗旦のそばへ歩み寄った。妖狐の左前足には、木と皮革でできた義足が着けられている。閑馬が作った、宗旦のための義足だ。

妖狐の声は震えていた。

「いつまで経っても胸が重くって、苦しくって、どうしようもないんや。だって、お、おいらのせいで、閑馬先生が……」

「宗旦――」

涙の訳を悟った瑠璃は、妖狐の体を左腕で抱き寄せた。

瑠璃の胸に顔をうずめたまま宗旦は大きくしゃくり上げた。

「閑馬先生はおいらにいっぱい、いっぱいよくしてくれたんに、恩返しがしたかったんに、おいらはあの日、稲荷山《いなりやま》に行ってもうた。閑馬先生を、一人ぼっちにしてもうたんや。せやから、閑馬先生は」

「違うよ宗旦。それは絶対に違う。閑馬先生が殺されたのは、お前のせいなんかじゃない」

妖狐を抱く左腕に、さらなる力を込める。山吹色の毛並みは頼りなげに震え、彼の心にわだかまる悲愴感を表すかのようだった。

閑馬の死を知った宗旦は初め、それを信じようとしなかった。瑠璃がどれだけなだめすかしても聞く耳を持とうとせず、「嘘や」と声を荒らげた。だが制止する声も振り切って閑馬の家に飛びこみ、畳に染みこんだ血だまりを見た妖狐は、それきり一言も声を発しなかった。

宗旦の涙がしとしとと瑠璃の胸元を濡らしていく。同じく閑馬との思い出を持つお恋も、亡き人の名を呼びながらうなだれていた。

「いいか宗旦、お前が責任を感じる必要はない。閑馬先生を殺した下手人は、もう知れてるんだから」

瑠璃は畳の一点を睨む。脳裏に浮かぶのは太夫の微笑だ。

——蓮音……あの女には、きっと報いを受けさせる。

「閑馬先生の仇はわっちが討つ。だからもう、泣かないでくれ。な」

「それなんだが瑠璃」

不意にがしゃが口を挟んできた。

「俺たちも、夢幻衆と戦いてえんだ」

「何?」

これには瑠璃だけでなく残っていた豊二郎も顔をしかめた。見れば油坊にこまも、髑髏に同調するように頷いているではないか。

続けてがしゃは言い募る。

「だって許せねえじゃねえか。長助を死なせたのは夢幻衆なんだろ? 白と露葉だって、そいつらのせいで今も苦しんでる。そうとわかっていて留守番ばっかしちゃいられねえよ」

「……いや、駄目だ」

瑠璃は険しい顔で首を振った。

妖たちの気持ちは痛いほどわかる。友の苦痛を思えば居ても立ってもいられないのは当然だろう。

しかしながら、

「夢幻衆はお前たちの手に負えるような相手じゃない。危険にさらすわけにはいかないんだ。せめて、お前たちだけでも」

わかるだろ、と押し殺すような瑠璃の声に、妖たちは反論するか否か迷っているらしかった。

峠には重々しい沈黙がおりた。

「あのう、ごめんくださいまし」

訪《おとな》いを入れる声がしたのは、その時であった。

「……え……？」

誰より早く反応したのは豊二郎だ。聞き覚えのある声に、瑠璃も片眉を上げる。

だがそんなはずはない。

あの女子《おなご》が、ここに来るはずはない。

「おかしいなあ、この家で間違いないと思うんだけど」

返事がないのを不自然に思ったか、声の主はおそるおそるといった調子で玄関の戸を引いた。

「もう安徳さまったら、もしかして違う場所をおっしゃったのかしら？　すみません、誰かいませんか——あっ」

やがて居間をのぞきこんだ者の顔を見るや、瑠璃と豊二郎は同時に目を剝《む》いた。

「ひ、ひまりッ?」

それはかつて吉原にて瑠璃の妹女郎を務めた女子であり、現在は豊二郎の妻であるひまりであった。

知った顔が揃っていると見るや、ひまりの顔がぱあっと輝いた。

「きゃああ瑠璃姐《ねえ》さんっ」

黄色い声を上げるが早いか、ひまりは草鞋《わらじ》を走り庭に脱ぎ捨てて瑠璃に飛びついた。宗旦が思わずのけぞる。それに気づいたひまりは慌ただしく坩の中を見渡した。

「やだごめんね可愛い狐さん、びっくりさせちゃったよね……わあっ、お恋ちゃんにこまちゃんも、みんな久しぶりっ」

「いや俺はッ?」

豊二郎が叫ぶのも無理はない。夫そっちのけで瑠璃に抱きついた上、まだ名すら呼んでくれていないのだから。

するとひまりは悪戯《いたずら》っぽく笑った。

「やあね、気づいてないわけないでしょ? ちょいと意地悪したかったの。だって豊さんたら江戸に文《ふみ》を送るって約束、ろくすっぽ守ってくれなかったんだもん」

「そ、それは……そういやそうだな」

「やっぱり。忘れてたのね」

たじたじになる豊二郎。むくれてみせるひまり。片や他の一同はあんぐりと口を開けたままである。

――豊の奴、あんだけ亭主関白を気取ってたくせになァ。

案の定と言うべきか、明らかにひまりの嬶天下《かかあでんか》ではないか。瑠璃は唖然《あぜん》とする頭でそんなことを考えていた。

「東寺で安徳さまにここを教えてもらったの。京の道は初めてで不安だったけど、皆の顔を見たらやっと一息つけたわ」

「……お前、ここに何しに来たんだ？」

豊二郎の問いは、どこか間の抜けたものであった。

ひまりは答えるでもなくただニコニコと微笑んでいる。彼女の横顔を眺めていた瑠璃はっと、気がついた。

「ひまり。まさか、お腹にやや、ややがいるのか？」

「は？　やや？」

「豊、お前の目は節穴か？　ちゃんと見ろよ。顔がふっくらしてるし、ほら腹も」

「や、や……？」

言葉を忘れてしまったらしい夫をじっくり見つめ、やがてひまりは、顔いっぱいに会心の笑みを広げた。

「姐さんの言うとおりよ。ややができたの」

その瞬間、長らく沈んでいた塒の空気が一変した。

「うおおおおッ」

豊二郎は歓喜の雄叫びを上げる。妖たちも吉報に沸き、やいのやいのと踊りだす。

瑠璃と宗旦も互いに顔を見あわせた。

「瑠璃はん、やや、って」

「ああ。新しい命が生まれてくるんだ」

宗旦の涙はいつしか止まっていた。

「すごい、すごいっ。豊二郎はんの子かあ。こらえらいこっちゃ、皆でお祝いせな」

「そうだな、錠さんたちにも知らせて——」

言いかけてしかし、瑠璃は面差しを曇らせた。

「どうしたんです姐さん？　怖い顔して」

ひまりが怪訝《けげん》そうに目をぱちくりさせる。

「……なあひまり。江戸から一人でここまで来たのか」

さも当然とばかりに彼女が頷くものだから、瑠璃は思わずうなってしまった。

聞けばひまりは悪阻《つわり》が落ち着くのを見計らい、江戸で営む小料理屋を若衆たちに任せて江戸を発ったのだそうだ。体に負担をかけないよう休み休み旅路を進み、ひと月かけて京に到着したのだという。

「どうして文を送ってこなかったんだ？　文でややのことを知らせてくれたら、わざわざ京まで来ることもなかったろうに」

と、ひまりは何事か言いにくそうに口をすぼめた。

「それも考えました。けど、あたし、どちらにせよ京でこの子を産みたかったんです。だって豊さんはここにいるから……。よく言うでしょう、〝母は強し〟って。でもあたしはそんなに強くなれないんです。一人で産むのを想像しただけで怖くって、不安で夜も眠れなくなっちゃって、それで」

ひまりとて何も旅道楽のために京まで来たのではないのだ。心許《こころもと》なさを抱え、腹の赤子を気遣いながら一人で歩く旅路はどれだけ果てしないものだったろう。懐妊の経験がない瑠璃には想像も及ばないことであった。

とはいえ、だ。

──参ったな。こんな状況じゃ、身重のひまりを埘に置くわけにゃいかない。何しろ今は、夢幻衆との争いの最中なのだから。

現状を説明しあぐねた瑠璃はちら、と豊二郎を見やる。

「俺がお父《と》っつぁんになるんだ、やった、やったぞおっ。今晩は甘鯛《あまだい》でお祝いだッ」

「わあいっ。じゃあ栗ご飯もお願いしますぅ」

こちらの心情も露知らず、豊二郎は妖たちと一緒になって踊りまわっていた。ふう、と瑠璃は聞こえぬように吐息をこぼす。

ひまりに「帰れ」と言うのは簡単だ。が、それではあまりに酷だろう。どのみち休息を取らせぬことには江戸までの帰路に耐えられまい。

同志である豊二郎と妹分のひまりとの間に子ができたことは、瑠璃にとってもこの上なく喜ばしいことであった。本当なら手放しで祝ってやりたい。だが正直、今は複雑だ。

長助や閑馬との死別。ひまりの中にある新たな命──埘には今この時「生」と「死」が混在していた。対極する二つの狭間《はざま》にあって、瑠璃は、どちらに心を傾ければよいかわからなくなってしまったのだ。

さりとて今は。せめて今、ひと時だけでも。

——この空気に水を差すってのも、野暮な話だよな。

「じゃあひまり、今日はとりあえずわっちと一緒の布団で寝よう」

「いいんですか?」

ひまりの顔が嬉しそうにほころぶ。吉原にいた頃は冬になるとよく同じ布団で温めあって寝たものだ。瑠璃もニッと片笑《かたえ》んでみせた。

「豊と一緒がいいならそれでもいいぞ?」

「えっ。やだ姐さんてば、そんな、もう」

上気した頬を両手で押さえ、ひまりは忙しなく瞬きを繰り返す。そのうち瑠璃がからかい半分で言ったことに気づいたらしく、彼女の頬はますます赤くなった。

ひまりの笑顔は、幸せに満ちあふれていた。

——本っ当に豊のことが好きなんだなあ。豊も何だかんだ言ってひまりにベタ惚れなのがばればれだしさ。

夫婦、か。

——あれ、何だかちょっと……。

妹分の照れ具合を微笑ましく見つつも、瑠璃は己の中に一つの感情が湧き上がってくるのを察して戸惑った。

——羨《うらや》ましい、かも。

誰かと一生をともにするというのは、きっと素晴らしく幸せなことに違いない。傍《はた》から豊二郎とひまりを見ているだけでこんなにも胸が温かくなるのだから、当人たちが感じる幸せはひとしおだろう。

自ずと瑠璃は己の人生を顧《かえり》みていた。

——わっちもはや二十六か。普通なら、とっくに誰かと一緒になってる年頃なんだろうな……。

途端、ぼんやりしていた頭によぎるものがあった。

今は亡き想い人、酒井《さかい》忠以《ただざね》の面影だ。

瑠璃はたちまち正気づいた。今はもっと考えるべきことが山ほどあるというのに、自分は何を浮ついているのだろう。

自戒するべくかぶりを振っていると、

「あのう、瑠璃姐さん。実はここへ来るまでに清水寺《きよみずでら》へ寄って、安産の祈願をしてきたんですけどね」

横で荷ほどきをしていたひまりが話しかけてきた。

「清水寺？　洛東の端の方じゃないか。長旅で疲れてるだろうに、健脚なんだねお前さんは」

「せっかくだから京の名刹《めいさつ》に参ってみたかったんですよ。それでね、本堂の舞台から京の景色を眺めてたら、いきなり一人の殿方から声をかけられて。その人と軽く世間話をする中で、ちょいと不気味なことを聞いたんです」

「へえ、どんな」

「何でも中京《なかぎょう》のとあるお寺に、お坊さまを食べてしまう女がいるとか」

「…………」

「まあ絵草紙の類《たぐい》か何かですよねっ。この話をした人はあたしが怖がるのを見て笑ってたから、きっとからかわれちゃったんだわ」

うんうん、とひまりは自ら言い聞かせるように頷く。

「その人、少し変な人でね。向こうから話しかけてきたのに喋っていてもあたしを見てないというか、目があさっての方向を見てるというか。その時ちょうど周りに誰もいなくて二人きりだったから、余計に怖くなっちゃいました。しかも別れ際におかしなものを押しつけてきたんですよ？」

言うと、荷の中から一枚の紙を引っ張り出した。

「何だいそれ、絵びらかえ？」

「……そうみたいです。本当はどこかに捨てちゃいたかったんですけど、こんなの、適当な場所に捨てるわけにもいかなくて」

ひそひそと声を落としつつ、ひまりは絵びらをこちらに寄越してきた。豊二郎や妖たちが見ていないのを確認する様から察するに、あまり大っぴらに見せるべきものではないらしい。

「こいつは——」

絵びらを一瞥《いちべつ》するなり、瑠璃は思いきり眉間に皺を寄せた。

そこに描かれていたのは、あられもない姿で身を絡ませあう、男女の交合の一場面であった。

夕闇が落ちる頃、瑠璃は黒へと戻ってきた錠吉を再び外に連れ出した。本来なら中で話すところなのだが、妖や、旅の疲れが残っているであろうひまりには聞かせたくない。

当然ながら錠吉もひまりの来訪に驚きを隠せない様子である。が、瑠璃は前置きもそこそこに、

「こいつを見てくれ」

と、錠吉に向かって先ほどの絵びらを差し出した。不審がりながらも錠吉は言われるままに目を落とす。

絵びらには毒々しい色で描かれた交合の絵に、文字が添えられていた。

《仏の功徳《くどく》を請い極楽浄土の高みを求むる者
稲荷大神が名のもと徳高き僧の声を聞き
清らかなまぐわいによって救われ候えば
上弦の月のぼる亥《い》の刻
聖なる道場への道は開かれん
約束のふもとにて案内人が待ち候
百瀬真言流《ももせしんごんりゅう》》

錠吉の凜々《りり》しい眉がぴくりと動いた。

「徳高き僧……百瀬、真言流……」

瑠璃が何を言わんとしているか悟ったのだろう、がばと顔を上げる。

「うん。錠さんにも話したろう、閑馬先生が聞いたっていう噂を。あれはこのことだったんだよ」

「まさか、これは」

時の玄関先にて最後に言葉を交わしたあの時、閑馬はこんなことを言っていた。夢幻衆に繋がるかもしれない怪しげな噂がある。京のどこかでエセ坊主が人集めをしているとかで、詳しいことがわかり次第また知らせる、と——。

「あの話とこの絵びらに書かれてることは合致する。徳高き僧ってのはきっと」

「まだ顔のわからない、夢幻衆の最後の一人」

「ああ、そうに違いない。閑馬先生はこの道場とやらを探りに行ったんだろう。だからこそ先生は……殺されたんだ」

閑馬は知りすぎてしまった。夢幻衆に、近づきすぎてしまったのだ。閑馬には深追いしないようにと再三の注意を促していたものの、結局、懸念は彼の死という最悪の形で実現してしまった。

瑠璃は絵びらへと目を据える。思い返せば稲荷大神である陀天《だてん》も百瀬真言流について苦言を呈していた。自身を勝手に本尊にした宗派が流行っていると。もっとも陀天から話を聞いたあの時は、よもや夢幻衆に関わる事柄であろうとは思いもしなかったのだが。

果たして夢幻衆は妖鬼を生み出し、京を脅威に陥れるばかりでは飽き足らず、不埒《ふらち》な教えを説いて人心までをも惑わしているのだった。

「ひまりの話じゃ一応は人目を忍んで絵びらを渡す相手も吟味《ぎんみ》してたらしいが、それにしたって清水寺みたいな名勝地で邪教の勧誘に励んでたとはな。どれだけ洛西を調べたところで収穫がないはずだ。一杯食わされた気分だよ」

百瀬真言流の布教活動もまた、何がしかの形で不死の実現に繋がっているのだろう。錠吉はこう推測する。

「思うに本尊はどなたでもよかったのでしょうね。人心を惹《ひ》きやすい稲荷大神をたまたま選んだだけで」

「心底ろくでもない奴らだよ夢幻衆ってのは……ま、陀天さまも言ってたとおり、こんなモンが流行るとは世も末だけどな。邪教にすがる奴もすがる奴さ」

すると錠吉は思案げに目を伏せた。

「そうですね。ただ、浅はかと切って捨てるのは些か強引かもしれません。こ、こんな世でなければ、民草も邪教にすがったりはしないでしょうから」

この言い分に瑠璃は虚を衝《つ》かれた。真言宗の名をかように汚されているのだから、錠吉ならきっと気を悪くするだろうと思っていたのだ。

こちらの考えを察したのだろう、錠吉は首を振った。

「もちろん腹は立ちますよ。とりわけ〝真言流〟と騙《かた》っている点は真言密教の僧として捨て置けない。ですが人々の心持ちも、何となく理解できるんです」

目下、京はとても平穏とは言いがたい状況にある。鬼が現れ、妖鬼が現れ、禍ツ柱は邪気をまき散らしている。

「誰もが猜疑心《さいぎしん》や不安を掻き立てられているんです。俺たちは怪異の元凶が何であるかを理解していますが、人々はそれを知らない。目に見えないけれど、漠然と脅威を感じる。その不安が、人を思いもよらぬ道に誘うのでしょう」

「確かに最近、ますます諍《いさか》いやら刃傷沙汰《にんじょうざた》が増えてきてるしな……」

「人は弱い。不安に打ち克《か》つことができる者はそう多くありません。だからこそ神や仏に教えを請うのです」

清水の舞台から飛び降りる、という諺《ことわざ》がある。相当な覚悟をもって事を為すという意味だが、実際、清水寺の舞台から飛び降りる者は後を絶たなかった。多くは願掛けのためであるとはいえ、中には生きることに嫌気が差してしまった者もいるのかもしれない。

ひまりは舞台から景色を眺めていた折に声をかけられた。それはおそらく自害を望むほど心が弱っていると勘違いされたからだろう。

「じゃあ夢幻衆は心の弱った人ばかりを狙って、邪教に誘いこんでるってことだな」

最初はきな臭い教えにすがるなど、と邪教になびく者たちに呆れを感じていた。だが見方を変えれば、彼らもまた夢幻衆の餌食《えじき》になっているのだ。

「しかし困りましたね。ここに書いてある〝約束のふもと〟とはどこなんでしょう？ふもと、と言うからには山で間違いないでしょうが、京は東、北、西、と多くの山に囲まれていますし」

「うぅん……この文章だけじゃどの山なのか見当もつかないな」

本来ならばひまりに頼み、絵びらを渡してきたという男を再び探し出してもらうべきなのだろう。しかし夢幻衆は黒雲に場所を特定されぬよう気を張っているはずだ。黒雲の協力者であった閑馬が百瀬真言流に近づきすぎたために殺されたことを思えば、軽率なことはできない。

瑠璃と錠吉は二人してうなった。とその時、

「おい。戻ったぞ」

道の暗がりからこちらへ、するすると這ってくる影が一つ。

黒蛇の姿を認めるや、瑠璃は急いで屈《かが》みこんだ。

「今までどうしてたんだよっ。十日も戻ってこないなんてさすがに心配したぞ、こっちの気も知らねえで」

「……ちと、手間取ってな。そうガミガミ怒鳴るでないわ」

言いつつ黒蛇は瑠璃の腰元へと這いのぼる。その様子も、声色も、常の調子を取り戻したように感じられた。どうやら後ろ向きな気分は吹っ切れたらしい。

――まったくやきもきさせやがって、人騒がせな龍神サマだよ。もしかしたらあのまま戻ってこないんじゃないかとさえ思ったけど……ひとりの時間ができて、結果的によかったみたいだな。

期せずしてゆっくり熟考できる機会を得られたのが幸いしたのだろう。気弱になっていたのは一過性の風邪のようなものだったのかもしれない。そう結論づけ、瑠璃は心の中で安堵した。

「遅くはなったが、土産《みやげ》話も持ってきてやったぞ」

黒蛇は帯の上に巻きつきながら告げる。

「麗が河原に現れた。お前の予想どおり、遠巻きに宝来の者たちを眺めるだけじゃっ

「そうか……で、その後は尾行できたのか」

ちろ、と飛雷は蛇の赤い舌をのぞかせた。

「むろんじゃ。麗は一人で西に向かい、橋を一つ越え、山を登っていった」

「夢幻衆の誰かと会うために、か」

「山をしばらく登ったところで男と話しこんでおったわい。妙にけばけばしいナリをした奴じゃったな。瑠璃、そやつにはお前も会ったことがあるはずじゃぞ」

怪訝な顔をする瑠璃に向かい、

「もう三月《みつき》ほど前か、祇園会での一件があった後、安徳に会いに東寺まで行ったじゃろう。あそこでお前がぶつかった仏師を、覚えておるな」

「仏、師？」

すると一つ、耳に蘇《よみがえ》る声があった。

――汚らわしい。

「あの、頬に傷痕があった……？」

飛雷は軽く頷いてみせた。

「麗とその男が何を話しておったかはわからん。より近くに行こうとした瞬間、二人の姿が見えなくなってしもうたからの。尾行に気づかれたわけではなかろうが、ただ、男が鍵らしきものを取り出したのは見えた」

その鍵を空中に差しこんだ途端、二人はぱっと消えてしまったという。

「大方、幻術か何かで根城を隠しておるのじゃろう。鍵を持つ者しか入れぬように」

「飛雷。その、山というのは？」

錠吉が問うと、飛雷は考えこむように斜め上を見た。

「山の名など我は知らん。じゃが手前にあった橋には確か――ああそうじゃ、思い出したわい。渡月橋、と書いてあった」

瑠璃と錠吉は視線をあわせる。

西の山。約束のふもと。渡月橋――。

「……ならその山は、嵐山《あらしやま》だ」

知るべきことは、これですべて知れた。あとは行動に移すだけである。

「さあやるぞ錠さん。ようやっと黒雲にツキがまわってきた。この徳高き坊さんとやらに、吠《ほ》え面《づら》かかせてやろうじゃないか」

気運は間違いなく、こちらに向いている。勝利への道筋はすでにはっきりと見えているのだ。

今や瑠璃の口元には薄く、不敵な笑みが浮かんでいた。

三

「お元気そうやねェ瑠璃さん。肉体の年齢も、すっかり元に戻らはったみたいで」

二条城から程近く。天文台のある千本通《せんぼんどおり》沿いにて島原一と名高い太夫、蓮音は楚々《そそ》とした笑みをたたえていた。

「蓮音……よくもぬけぬけと、わっちの前に姿を現せたモンだな」

瑠璃は相手に目を据えたまま、腰元の飛雷に左手を添えた。

今、男衆はそばにいない。錠吉、権三、豊二郎の三人は来る《きた》裏白虎との戦いに備えるべく嵐山へと向かった。ただひとり栄二郎だけは、

——鳥文斎《ちょうぶんさい》先生からちょいと頼まれてたんだ。京に住む知りあいに会って、言伝《ことづて》をしてほしいってさ。

と塒を出ていったが、場所までは言っていなかった。

一方で瑠璃はひまりを東寺へと連れていった。安徳に、彼女を少しの間匿ってもら

うよう頼むためである。そうしてひまりとも別れ、来た道をひとり戻っていた時に現れたのが、蓮音だった。

「あんたさんの幼い姿、あても見てみたかったわァ。さぞかし可愛《かい》らしかったんでしょうね？」

「白々しいことを」

面持ちこそ平静を保ってはいるが、瑠璃は内心で少なからず動揺していた。

島原より雲隠れしてからというもの、蓮音の行方はわからず仕舞いであった。その蓮音本人が、前触れなく自ら姿を現したのだ。

――この女……何が目的で接触してきやがった。

蓮音もこちらと同様、一人であるらしい。二条城の近くといえども辺りには見渡す限り人がおらず、麗も、あの仏師の姿とてない。蓮音が単独で行動しているのは間違いなさそうだ。さらには裏四神を操るための六壬式盤《りくじんちょくばん》も持っている様子はない。攻撃を仕掛けるために現れたのではないということか。太夫の腹の内が読めず、いきおい瑠璃は警戒心を強めた。

だが当の蓮音はさも寂しげに眉尻を八の字に下げてみせる。

「ホンマいけずなお人やこと、そない目くじら立てんでもええやない。あてがあんたさんに何かした？」

「お前が夢幻衆の一員だと、こっちが気づいていないとでも？」

「ああ、そのことね」

何でもないことのようにつぶやき、蓮音は悠々と道端の岩に腰かけた。開き直るという言葉はまさにこういう態度を指すのだろう。

「別に知られたから言うてどうってこともないわ。なあに瑠璃さん、あてが夢幻衆やったから怒ってはるん？」

「……お前が、閑馬先生を殺したんだろう」

「だったら何やのん」

吐いて捨てるような声が、瑠璃の心に火をつけた。

やはり閑馬はこの女によって亡き者にされたのだ。黒雲の協力者であったというだけで。ただそれだけの理由で、彼の命は無情にも絶たれてしまった。

と、蓮音の声に嘲笑《ちょうしょう》がまじった。

「なあんや残念。お仲間のむごたらしい姿を見せれば少しはおたくらの威勢を挫《くじ》けると思ったんに、あまり効果はなかったようね。しかし瑠璃さん、そない怒らはるってことは、もしかしてあの人形師さんとええ仲やったん？　一緒に暮らしてたくらいやもんねェ。ほな今、仇を討つ？」

沸々と、激情がこみ上げる。

「人ひとり殺めておいていけしゃあしゃあと……曲がりなりにも夢幻衆の矜持《きょうじ》は生者の命を大切にすることじゃなかったのか？　お前らが排除したい邪魔者はわっちら黒雲だろうがっ。閑馬先生は関係なかった」

「関係ないかどうか、邪魔者かどうかはあてらが決める。ねえ、そないツンケンしはらんと聞いて？　あては何もあんたさんと喧嘩したァてここにいるんやない。ただお喋りを楽しみたいだけなんや。女同士で、ね」

我慢の限界であった。

「ふざけやがって――」

瑠璃は飛雷に呼びかける。黒蛇は見る見る硬化し、一振りの黒刀に姿を変える。

弾みをつけ足を踏み出そうとした時、

「ちっ。これやから江戸モンは」

蓮音が素早く帯に指を差しこんだ。内側から紙切れの束を取り出して宙に放る。するとと紙切れから灰色の靄《もや》が生まれ出でた。靄は瞬く間に各々の形を成していく。

気づけば瑠璃は、紙切れから召喚された異形たちに四方を囲まれていた。

異形――すなわち鬼と妖の融合体、妖鬼である。

瑠璃は思わず動きを止めた。妖の胴に鬼の四肢が接合された者。または鬼の頭と妖の部位がちぐはぐに縫いあわされた者。外見はてんでばらばらだが、黒々と骨ばった体で蜘蛛《くも》のごとく地面に這いつくばる有り様はどれも同じだ。その数、およそ三十体くらいであろうか。

妖鬼の群れはぎこちなく体を揺らしつつ、邪気を漂わせ、じりじりとこちらへ詰め寄ってくる。

しかし瑠璃と一定の距離を置いたまま、それ以上は近づいてこなかった。

「言うたでしょ、あんたさんと喧嘩したいわけやないって。ただそっちがどうしてもって言うなら話は別やえ？　先に教えとくけどあては、夢幻衆の中でいっとう強い。それでも暴れたい言うんなら付き合《お》うたげるけど」

瑠璃は四方に目を走らせた。妖鬼が一体ずつなら自分ひとりでも対処できよう。が、この数が束になりかかってくるならば、

――さすがにただでは済まねえ、か。

逡巡《しゅんじゅん》の後、瑠璃は歯噛みし、刀をざくりと地面に突き立てた。動くに動けないのを見て満足したのだろう、太夫は泣き黒子《ぼくろ》のある目元を和ませる。

されど瑠璃は攻撃を断念したわけではなかった。

――聞こえるか飛雷。地中で蛇に変化《へんげ》しろ。わっちが合図したら、蓮音に向かって飛び出すんだ。

じっとしているのは癪《しゃく》であるが、せっかく敵方から姿を見せてくれたのだ。観念したふりをして情報を引き出すには絶好の機会であろう。

こちらの算段を知らぬ蓮音はやれやれと肩をすくめていた。

「まァ安心してや。そこで何もしなければ、この子らもあんたさんに手出しせえへんから」

「……この妖鬼は蟠雪が作ったものか」

「そうよ。裏四神にも融合させられなかった出来損ない。ま、こんな風に使うぶんには有用やけどね」

瑠璃の瞳がぎらりと光る。それでも蓮音は余裕を崩さない。

「出来損ないの妖鬼とはいえ捨てるには惜しいさけ、式神《しきがみ》として簡単に呼び出せるよう蟠雪兄さんが札の中に閉じこめてくれたんよ」

「おい待て。今〝兄さん〟と言ったか？」

「あらら、伝えてへんかったかしら？　麗を除くあてら夢幻衆の三人が、血の繋がった兄妹やってこと」

思いもよらぬ事実だった。瑠璃は緊張に身を硬くする。

――そうか。つまりこいつの目的も、仇討ちだ。

瑠璃が閑馬の仇を討たんとする一方で、蓮音もまた兄、蟠雪の仇を討たんとしているのか。しかしながらこの読みは外れていた。

「蟠雪兄さんが死んだと知った時はようさん驚いたわ。それと同時に思ったの。兄さんを追い詰めたくらいやから黒雲は――瑠璃さん、あんたは、思うとった以上に見所のある人かもしれへん、ってね」

そう述懐する蓮音の面持ちからは、実の兄への弔意《ちょうい》も、哀しみの一片すらも感じられなかった。

――こいつは、一体……。

太夫の美しい微笑は、瑠璃の胸をいやにざわつかせた。

麗以外の三人が実の兄妹だったというのはむしろ腑に落ちることだ。麗が他の三人から邪険に扱われている理由もそれなら合点がいく。

だが蟠雪はどうだ。血を分けた兄が命を落としたというのに、なぜ蓮音は、こうも笑っていられるのか。蓮音にとって瑠璃は兄を追いこんだ憎い相手であるはずだ。にもかかわらず、その張本人を前にしてなぜこうも平然としていられるのか。

段々と、蓮音の微笑みが歪《いびつ》なものに見えてきた。

「お前、どうかしてるよ。とても正気とは思えない」

「まあ何で？」

当の蓮音は訳がわからないとばかりに首を傾げている。

「……兄貴が死んで哀しくないのか？」

「そら少し寂しいけど、哀しくなんかあらへんよ。だって蟠雪兄さんは本意を遂げた。道満さまのためにお役目を果たしたんやもの、むしろ誇らしいわ」

それに、と蓮音は空を見上げた。

「あてら夢幻衆はね、死ぬと魂が道満さまのもとへ行くことになってるの。そういう契約を道満さまとしてるんよ。せやさけ兄さんの魂は道満さまのお体に無事、吸収された。あてはわかるの。兄さんの気配が、今もここ京にあることを」

蓮音の恍惚《こうこつ》とした表情に、瑠璃は今度こそ気味悪さを禁じ得なかった。

「魂が、吸収されるだと……？　お前ら夢幻衆だって不死を望んでるんだろ、なのにそれじゃまるで」

道満に、己が身を捧げているも同然ではないか。

蓮音はうっとりと目を閉じて言った。

「そうよ。あてらの目指す不死は、あくまでも道満さまお一人の不死。その礎《いしずえ》となれるなら、夢幻衆は生を捨てることも辞さない」

あまりにも理解しがたい物言いに、瑠璃は頭がくらくらするようであった。

――それがこの女にとっての幸せ、なのか。

己自身が不死になると言うならまだわかる。が、道満だけが不死になることを望むとは、そのために己が死をも厭わないとは、蓮音の思想はどう考えても倒錯しているではないか。

「じゃあ麗は？　まさか麗も、道満が不死になることを望んでるのか」

「さァどうだか。鈍臭い小娘のことなんて知らへんわ」

一転してすげない口調になったかと思うと、蓮音は過去を振り返った。

夢幻衆は三年前、道満から命を下されたそうだ。麗を一味に引き入れよと。なぜ力もない幼子を、と訝る蓮音たちに対し道満は、麗に鬼の血が半分流れていることを告げたという。常人とは異なる力を宿した麗に目をつけたのは、道満だったのだ。

蓮音たちは三兄妹。対して操らねばならぬ裏四神は四体。いずれにせよもう一人が必要だ。かくして夢幻衆は指示に従い、麗を無理やり一味に加えたのであった。

「……なるほどな。じゃあわっちら黒雲に目をつけたのも、道満か？」

一瞬、蓮音の顔色が変わった。

「わっちらは夢幻衆を敵とみなし、当然、夢幻衆もわっちらを敵とみなしている。初めはそう思っていたんだ。だが少しずつ妙に思い始めてな。裏青龍との戦いの時、お前らはわざわざ宗旦や甚太《じんた》を使ってわっちを祇園社までおびき寄せた。裏玄武との時もそう、蟠雪は、付喪神たちをあえて生かしたまま解放した」

逃げ延びたお恋とこまから事の次第を聞き、瑠璃たち黒雲はすぐさま深泥池に向かった。黒雲を真に邪魔だと思っているなら、安易に誘い出してしまうような真似などしないはずではないか。

「お恋とこまを生かしたのは、わっちらを深泥池まで呼びこむためだったんだろう。今だって蓮音、お前は、裏玄武が倒されたことについては何も言おうとしない。夢幻衆にとって裏四神は重要な存在のはずなのに、だ」

「……」

「それは裏玄武の敗北があらかじめ計画に入っていたからだろ？　お前ら夢幻衆は、裏四神とわっちらを戦わせたいと思ってるんだ。黒雲を排除するためじゃなく、黒雲に、裏四神を倒させるために」

そしてその裏には「禍ツ柱」と、裏四神の体内にあった「巻物」が関連しているのではないか――。

蓮音はしばしの間、閉口していた。

「……そう。ばれとったんやね」

問い詰められる側になるとは想定していなかったらしい。面持ちに満ちていた冷静さが、ほんの少し、崩れている。

「答えろ蓮音。禍ツ柱とは何なんだ。あの巻物は？」

瑠璃はここぞとばかりに畳みかけた。片や蓮音はゆっくりと口を開く。

だが太夫の口から聞こえたのは、問いへの答えなどではなかった。

カチ。カチ。

上下の歯を嚙みあわせる音。叩歯《こうし》という陰陽師の呪法の一つである。

妖鬼たちの体がビクンと反応した。

「な――」

直後、妖鬼の群れは瑠璃に向かってさらに一歩、にじり寄ってきた。

「忘れたんかえ瑠璃さん？　あては今すぐにでもこの子らをけしかけることができる。けど、できることならあんたさんを殺したァない。せやから穏便に話しまひょ」

悔しげに舌打ちする瑠璃。対する蓮音はにこりと口角を上げた。されどこの時、瑠璃は見逃さなかった。

蓮音の微笑が、わずかに引きつっていることを。

問いかけを受けて動揺しているのだ。なおかつこちらが身動き一つ取れぬのをいいことに、これ以上の詰問はされまいと安心しきっている。

――そうやって気を抜いてる時が一番、危ないんだけどな。

瑠璃は刀の柄《つか》を握りしめた。

「今だ、行けっ」

次の瞬間、蓮音の足元が盛り上がり、地中から大蛇が飛び出した。

太夫の顔に驚きが浮かぶ。咄嗟《とっさ》に後ろへ跳びすさる。一方で口を開ける大蛇。蓮音の胴に食らいつかんと牙を光らせる。

するとここで妖鬼の数体が動きを見せた。瑠璃に背を向ける。即座に駆けるが早いか、蓮音の前に躍り出る。

飛雷の牙は蓮音を庇《かば》った妖鬼を嚙み砕いた。

「何てことを……盾になるよう命じやがったのか」

牙を受けた妖鬼の体が黒煙となり消えていく。と、瑠璃は首筋に冷たい感触を覚えて固まった。目だけで右横を見やれば、すぐ間近に妖鬼の暗い目が迫っていた。首筋に当てられているのは鋭い爪だ。

「あんた、自分の置かれとる状況がいまいち理解できてへんようやね」

数体の妖鬼を盾として控えさせつつ、蓮音は平坦な声で言った。

「やりあうつもりはないって言うとるんに、聞き分けが悪いにも程があるわ。さあ、柄から手を離し。でなきゃその細い指が全部なくなってまうえ」

瑠璃の左横には別の妖鬼が控え、白い左手をとん、とん、と爪で叩いている。

首筋、そして左手に添えられた妖鬼の爪。息をすることさえ危うい状態。ほんの少しでも動けば肌を裂かれてしまうだろう。

「……飛雷、元に戻れ」

妖鬼たちの不穏な視線を浴びながら、瑠璃は、やむなく柄から手を離した。

不意打ちは失敗に終わってしまったが、降参するつもりはない。頭では次の一手を考え始めている。さりとて湧き上がった一つの疑念が、瑠璃の思考を妨げた。

——おかしい。この女、本気でわっちを脅してるのか？　ここまで追いこんでおきながら傷の一つもつけないなんて、不自然じゃないか？

やはり裏四神を倒させるために黒雲が必要だからだろうか。

片や蓮音は先の落ち着きを取り戻していた。

「はあ、ついつい余計なお喋りばっかしてもうたわ。そろそろお開きにせな……あんなァ瑠璃さん。こっちの実状を明かすとね、道満さまは少し焦っておいでなんよ。今のお体にいい加減、限界を感じてはるみたいでねえ」

「限界、ね。そりゃガタが来て当然だろうよ」

八百歳の肉体がいかなる状態かなどと、瑠璃は想像すらつかなかった。限界も限界、指一本を動かすことも難しいのではなかろうか。人としての形を留めているかすら甚《はなは》だ疑問である。

「そもそも今も存命だってこと自体、わっちとしちゃ半信半疑だけどな。麒麟も老いては駑馬《どば》に劣るというが、道満サマはどうなんだろうな？」

皮肉をこめて言うと、蓮音は些か気分を害したらしかった。

「道満さまは確かに生きてはるわ。独自の方法で命を繋いでこられたんやもの。やけどそれも、完璧やない」

されればこそ夢幻衆は道満を第五の神獣「麒麟」とみなし、四神の力を注ぎこもうとしているのだ。

「麒麟として不死の法さえ修すれば、老いることのない肉体と、魂の不死が実現するの。そして――」

聞かねばならぬことがある。

出し抜けにそう述べると、蓮音はこちらを正視した。

太夫の表情から、瑠璃は何やら切羽詰《せっぱつ》まったものを感じ取った。焦燥《しょうそう》。あるいは苛立ちだろうか。蓮音の感情と呼応するように、周囲に控える妖鬼たちがさらなる邪気を発しだした。

「瑠璃さん、あんた、ややを産んだことは？」

「……は？」

「あるんかないんか、どっち」

唐突すぎる問いかけに、瑠璃は考える間もなく首を横に振っていた。

すると今度は、

「ほな病の経験は？　遊女やったんなら瘡《かさ》に罹《かか》ったことくらいあるんやない？」

「ねえよ……おい、何だってそんなことを」

「月のものは？　ちゃんと来とる？」

射抜くような眼差しから察するに、どうやら蓮音はこれらの問いをするためにこそ今日こうして接触してきたらしい。が、瑠璃はまったくもって理解できなかった。

この尋問は、一体、何のためなのか。

病や出産の経験について聞き出すことが、夢幻衆にとっての益になるとでも言うのだろうか——。


ごぉん、ごぉんと、正午を告げる鐘の音が洛東に響き、消えていく。

秋も深まり、松原通《まつばらどおり》の鴨川《かもがわ》から東は色鮮やかな落ち葉で染め上げられていた。

「……それじゃあ蓮音太夫は、本気で瑠璃さんを殺そうとしたわけじゃなかったんだね？」

心配そうに確かめる栄二郎に対し、瑠璃は渋面《しぶづら》で頷いた。

あの後、蓮音は尋問を終えるや用は済んだとばかりに呪《しゅ》を諳《そら》んじ、妖鬼もろとも消え失せてしまった。幾度か目にしてきたあの術はおそらく、気配を消すだけのものだろう。その場から本当にいなくなるのではあるまい。さりとて姿が見えない以上、闇雲に宙を攻撃したところで無駄なことだ。

結局、瑠璃は蓮音を取り逃がした。あの問答が何のためのものだったかも聞き出せずに。

とはいえ一つ収穫もあった。

「蓮音の反応を見て確信したんだ。あの奇妙な〝禍ツ柱〟と〝巻物〟は、夢幻衆の計画の要《かなめ》になっている」

「じゃあ、あれが何なのかわかれば」

「ああ、奴らの計画をもっと深堀りできる。蟠雪が船岡山《ふなおかやま》に立った柱を〝玄武の禍ツ柱〟と言っていたからには、柱が青龍、玄武、白虎、朱雀、それぞれの四神に対応していると見ていいだろう。ひょっとするとあの柱こそが四神の力の源かもしれない」

禍ツ柱に関してはこのような憶測を立てられるものの、一方で裏四神の体内にあった巻物に関しては依然、何の情報も得られぬままだ。

と、栄二郎が安堵の息を吐き出した。

「何はともあれ、瑠璃さんが無事で本当によかったよ。太夫と会ったたって聞いてそりゃあもう驚いたんだから」

「……すまないな、心配かけて」

ううん、と青年は穏やかに微笑む。

「瑠璃さんが謝ることじゃないよ。まさか太夫の方から、しかも単独で現れるなんて誰も思わなかったわけだしさ」

夢幻衆がいつまた接触してくるか知れたものではない。ゆえに今後は一人で出歩くのを避けるべきだろう。黒雲の五人はこう話しあった。

瑠璃が「ちょっくら出てくる」と告げた今日この日も、すかさず栄二郎が供をすると名乗りを上げたのである。

「しばらくぶりだ、この坂を上がっていくのは」

瑠璃は松原通の坂道を見上げた。

「前は結構な頻度でここを訪れたモンだが、祇園会での一件があってからこの方、とんと足が遠のいてたからな……」

この坂の中腹にある寺——六道珍皇寺《ろくどうちんのうじ》。それが今日の目的地であった。

元より瑠璃が日《ひ》ノ本《もと》を巡る鎮魂の旅を経て京に来たのは、重要な目的があったからだ。それすなわち生き鬼の救済である。

吉原にて「四君子《しくんし》」と呼ばれた遊女たち、花扇《はなおうぎ》、花紫《はなむらさき》、雛鶴《ひなづる》。「楢紅《ならく》」なる呼び名を持っていた傀儡《くぐつ》、朱崎《あけざき》。そして麗の父、正嗣。生き鬼に成り果てた挙げ句、地獄へと堕ちていった彼らの魂を救うためにこそ瑠璃は京へやってきたのだ。彼岸《ひがん》と此岸《しがん》の境目が点在している京なら、きっと地獄へ通じる手段を見つけられるだろう。が、この目的はついぞ叶わず、そうこうしているうちに夢幻衆が現れた。

今日、瑠璃が久方ぶりに六道珍皇寺まで足を運ぼうと思い立ったのは宗旦の言葉があったからだ。妖狐は閑馬が殺されたあの時、稲荷山にいた。そこで陀天がこう漏らしていたのを耳にしたという。

六道珍皇寺の様子がおかしい、と——。

宗旦はこの言が意味するところを理解できなかったらしいが、片や瑠璃には思い当たる節があった。

稲荷大神である陀天は、地獄に鎮座する閻魔大王《えんまだいおう》が現世に遣わした使者でもある。したがって地獄と現世が通じる道も熟知しているはずだ。

「陀天さまが言及してたってことは、やっぱり六道珍皇寺の井戸は地獄へ繋がっているんだ。単なる伝承なんかじゃなかった」

〽愛宕《おたぎ》の寺も打ち過ぎぬ　六道の辻とかや
実《げ》に恐ろしやこの道は　冥土に通ふなるものを……

謡曲「熊野《ゆや》」の一節が頭にうっすら流れていく。愛宕の寺とは他でもない六道珍皇寺のこと。そしてここ六道珍皇寺の界隈は、別名「六道の辻」とも呼ばれていた。

六道とは天道《てんどう》、人道《じんどう》、修羅道《しゅらどう》、畜生道《ちくしょうどう》、餓鬼道《がきどう》、地獄道《じごくどう》、六つの冥界であり、人は生死を繰り返しながら、因果に従ってこの六道を輪廻転生していくとされる。つまり六道の辻は、冥界《めいかい》の分岐点。古くからの墓所である鳥辺山《とりべやま》への道筋にあり、野辺送りをする場所であったことからも、六道珍皇寺があの世への入り口と目されている所以《ゆえん》が知れよう。

つと緊張が、鳩尾《みぞおち》の辺りからこみ上げてきた。

「今なら……今こそ、地獄へ行くことができるかもしれない」

地獄へ行けさえすれば、念願だった生き鬼の救済に向けて大きく前進できるだろう。だが、そう思うと同時に恐怖も押し寄せる。

地獄とはいかなる場所なのか。そこには果たして、現世と同様の摂理が存在しているのだろうか。自分の思う常識は、地獄でも通用するのだろうか。

何もかもがわからない。わからないがゆえに、恐怖も並ではなかった。

しかし、それでも。

――わっちは、行かなきゃならないんだ……。

瑠璃の強張《こわば》った表情を見てとったか、栄二郎も自然と肩を力ませていた。

「ねえ瑠璃さん。六道珍皇寺の井戸が地獄への入り口になってるって言うけど、現世と地獄を繋ぐ道って、一体どうなってるんだろう？　誰でも通れる道なのかな。仮に地獄まで無事に行けたとして、その後は、ちゃんと帰ってこられるのかな」

「さあな……正直それすらもわからねえ」

何しろ「冥土通いの井戸」を使って地獄に行ったとされる人物は、瑠璃の聞き知った逸話によるとたった一人——小野篁《おののたかむら》という人物しかいないのだから。

時は、安倍晴明が存命であった頃よりさらに遡《さかのぼ》る。

「篁卿《きよう》は参議にまで上り詰めた官人だったんだ。身の丈が何と六尺二寸もある益荒男《ますらお》でさ、政務もさることながら、漢詩や書にも優れてたらしい」

「多才なお人だったんだね。何だか錠さんと権さんを足して二で割ったみたい」

「そうだな。けど肝心の人柄はといえば〝野狂《やきよう》〟と称されるくらい自由奔放で、しょっちゅう周囲を戸惑わせたそうだ」

そんな篁には、神や仏を信じる心が欠片《かけら》もなかったという。極楽や地獄の存在もまるきり信じようとしない。ところがある頃から、彼はあたかも人が変わったかのように信心を篤《あつ》くし、各地に地蔵を建てるほどになった。

そのきっかけとなったのが何を隠そう、地獄行きの経験である。

ある時、小野篁はひどい熱病に罹り生死の境をさまよった。耐えがたき熱と苦しみに彼の魂はとうとう体から遊離し、導かれるようにあの世へと向かった。

よもや本当に、黄泉国《よみのくに》が存在していたとは。あの世へ行った篁は恐れおののいた。

黄泉に辿り着いた死者は漏れなく生前の所業を検《あらた》められ、裁きを受ける定めにある。極楽行きか、はたまた地獄行きか。生前、信仰心というものを持たずして神仏をぞんざいに扱っていた自分は、きっと地獄行きを言い渡されるのだろう。そこで永遠に罰を受け続けるのだと篁は悲嘆に暮れた。

しかし判決は、意外なものであった。

現世に戻ることを許す。震え、うなだれる篁に対し地獄の閻魔大王はこう告げた。

「実は篁卿の奥方ってのが旦那とは違って信心深い女で、地蔵菩薩《ぼさつ》を手ずから彫るほどだったらしい。その奥方が、道端の地蔵に向かって一睡もせずに祈り続けてたんだ。〝どうかあの人をお救いください〟とな」

「確かお地蔵さまは、閻魔大王の現世での姿なんだよね」

「そうだ。祈りを聞いた大王は奥方の懸命な心意気に胸打たれ、篁卿に寛大な判決を下したってなわけさ。寿命を迎えたんじゃなくて、魂が体から脱《ぬ》け出ただけってのも幸いしたんだろうな」

こうして現世に戻り来た篁は己の傲慢さを省み、以後、神仏を大切に奉るようになった。さらには温情に報いるべく、現世で御所に出仕する傍ら、夜になると地獄の閻魔王宮に向かい大王の補佐を務めたという。

その往来に使っていた井戸こそが、六道珍皇寺にある冥土通いの井戸なのだ。

瑠璃と栄二郎は寺の門をくぐり、境内へと足を踏み入れた。

「……今日は、誰もいないみたいだな」

六道珍皇寺の敷地はさほど大きくなく参拝者もまばらなため、いつ来ても落ち着いた静けさに満ちている。僧侶たちも今は本堂にいるか出かけているのだろう、境内には地面をついばむ鳥の姿がちらほらあるだけだった。小さな地蔵群が佇む様子からは、穏やかささすら感じられる。

この景色を見渡して、ほっ、と栄二郎が力を緩めた。

「なんだ、地獄に繋がるお寺っていうからてっきり、おどろおどろしい雰囲気を想像してたけど。すごく静かでいいところだね」

「だが心しておけよ栄。陀天さまの言ってたことが本当なら、井戸には何かしらの異変が起きてるはずだ」

言うと瑠璃は閻魔大王の像が蔵された閻魔堂を右手に見つつ、梵鐘《ぼんしょう》の横を通り、境内のさらに奥へと歩を進めていく。

くだんの井戸は本堂裏庭の、最も隅に位置していた。そばに立つ祠《ほこら》には篁の念持仏《ねんじぶつ》であったという竹林大明神《ちくりんだいみょうじん》が祀《まつ》られている。

注連縄《しめなわ》に囲まれていることを除けば、冥土通いの井戸は見たところ何の変哲もない井戸であった。だがいかんせん伝承が頭にあるせいか、小さな地蔵が配される中でひっそりと佇む様が、やたら恐ろしげに見えてくる。

瑠璃は井戸の周囲をぐるりと見巡らした。以前に来た時と比べても、何ら変わったところはないようだ。次いで身を乗り出し、井戸の中をのぞきこんでみる。

「気をつけてよ、瑠璃さん」

「わかってるさ……うん。特に、何もない、な」

井戸は底に清らかな水をたたえているばかりで、やはりどう見ても普通の井戸でしかない。瑠璃は思わず落胆のため息をついた。

──今日も今日とて骨折り損に終わっちまったか。陀天さまがこの寺に言及してたってのも、別に地獄とは関係なかったのかな。

やっと、念願が叶ったと思っていたのに。

──今度こそ生き鬼たちを救えるって、思ったのに……。

深い井戸の底を見つめたまま、瑠璃はしばし放心してしまった。

生き鬼は地獄と約定を交わすことによって、生きながらにして鬼になった者。死してからなる鬼とは似て非なる存在であり、内に秘めた膂力《りょりょく》も呪力も桁違《けたちが》いだ。とりわけ生き鬼が有する「呪いの目」には命ある万物を魂ごと消滅させる力がある。言うなれば生き鬼は、人間と鬼とのあわいに立つ者であった。

——そういえば生き鬼も、完全じゃないけど、不老不死に近い存在なんだよな。

またしても「不死」か。

瑠璃はぼんやりと思案にふけった。

生き鬼は老いることもなく半永久的に呪力を発揮し続ける。いずれ獣となり朽ち果てる定めにある普通の鬼とは、これもまた大きく異なる点だ。

もっとも、生き鬼になる者の目的は、不死などではないのだが。

「なあ栄」

「うん？」

井戸へと視線を落としながら瑠璃はつぶやいた。

「江戸にいた頃も、京に来てからもずっと、わからないでいるんだ。生きたまま鬼になるほどの恨みって、哀しみって、どんなものなんだろうな」

突然の問いかけを受け、栄二郎は返事に窮していた。

「もちろん生き鬼たちに同情してるし、共感だってしてるさ。花扇と花紫は恋情をこじらせて生き鬼になった。雛鶴は瘡毒《そうどく》の苦しみに耐えかねて。朱崎は我が子を奪われた怒り、正嗣は……わっちへの、恨みを抱えていた。生き鬼になったきっかけも、状況も、心情だって理解してるつもりだよ。けど、それでも、わからない」

生きていれば大なり小なり苦難に直面するのは必定《ひつじょう》だ。どんな人間にも悩みがあり、苦しみがあり、葛藤《かっとう》がある。では、生き鬼に身を変えてしまうほどの怨念とは、いかほどのものであろう。

人間として限りある命を終えるのか。

すべてを擲《なげう》ってでも鬼と化し、世を呪いながら半永久的に生きるのか。

生き鬼となった者たちが後者に傾いてしまった衝動とは、一体どのようなものなのだろう。

――復讐に駆られるだけならまだしも、人間としての生すら放棄しちまうほどの恨みつらみってのは、どうにも解せねえ。そりゃわっちだって今は気が滅入《めい》ることばっかりで、狂ってしまえたらどんなに楽かと思わないでもないけど――。

と、その時。

ゴーン……

瑠璃は勢いよく顔を上げた。

正午の鐘が鳴ったのはつい先ほどだ。次の鐘が鳴るにはまだ時間がある。なおかつ鐘の音は、すぐ近くから聞こえてきた。

瑠璃の視線の先には六道珍皇寺の梵鐘があった。音色が十萬億土の冥府にまで届き、盂蘭盆会《うらぼんえ》の折には亡者を現世に呼び寄せると伝わる「迎え鐘」だ。

しかし目を凝《こ》らせども鐘の周りには、誰もいない。それどころか橦木《しゅもく》につけられた引き綱すら微動だにしていない。

ゴーン……ゴーン……

地の底まで貫くような低い響き。

鳴るはずのない鐘が、鳴っている。

「瑠璃さん、どうかしたの？」

傍らの栄二郎へと目を転じれば、青年は何事かといった顔でこちらを見ていた。

「どうかしたのって──栄、お前はあれが聞こえないのか」

質問の意味すらわからないらしく、栄二郎は困ったように首をひねる。

こんなにも大きな音が、五臓六腑を揺るがすほどの響きが鳴っているのに。

混乱に眉根を寄せた瞬間、

——ミズナ。
己の名を呼ぶその声に、瑠璃は瞠目《どうもく》した。
井戸へと視線を滑らせる。
声は、井戸の底よりもさらに奥から這い上がってくるかのようだった。
——ミズナ。俺はお前を、愛しとるからな。いつまでも。永遠に。
「……忠《ちゅう》さん……」
井戸の深淵から、瑠璃は確かに声を聞いた。
二度と聞けないと思っていた声。それでも恋い焦がれていた声。
かつて心を交わしあった、酒井忠以の懐かしき声を。

四

京の遊興地としていの一番に連想されるのは、洛西にある嵐山の一帯であろう。数多くの歴史ある寺社仏閣を擁《よう》し、大堰《おおい》川《がわ》にかかる渡月橋は多くの京びと、旅の者で年中賑わいを見せる。春は桜、秋は紅葉。過去、平安の貴族たちは船を浮かべて優雅に四季の移ろいを愛でたという。自然が織り成す風光明媚な情景はいつの世も人々の心を惹きつけてやまない――もっともそれは、平穏な時勢に限ったことだが。

渡月橋を渡る間、いくつかの罵声を耳にした。言い争いの末に胸ぐらをつかみあう男たち、含みのある視線で睨みあう女たち。みな総じて、京に充満しつつある邪気により、心の暗部があらわになった者たちである。

振り仰いでみれば夜空には上弦の月が輝いていた。

渡月橋を渡りきり、嵐山のふもとまで到着すると、待っていた案内人の男は嬉しそうに両腕を広げてみせた。

「おお、新たなる同志よ。ようこそお越しやす」

網代笠《あじろがさ》で坊主頭を覆った錠吉は、丁寧に会釈を返した。

「清水寺にてこの絵びらを受け取りました。ここに書いてある百瀬真言流の……清らかな、まぐわい、を実践すれば、私も極楽浄土に行けるのでしょうか」

詰まりながら話す錠吉を、男はやや不審げに見る。

「あんたさん、京のお人ではおまへんな？」

錠吉は言下に頷いた。

「私は日ノ本の各地をまわる雲水《うんすい》にございます。生まれは武家の三男ですが、愛していた女子と死に別れ、俗世で生きる苦しみに耐えきれず出奔したのです。西へ東へとひたすら御仏《みほとけ》の救いを求め歩いてまいりましたが、未だに、苦しみは消えてくれません。この絵びらを受け取った時は驚きました。かような流派には出会ったことがありませんでしたから。さればこそ、藁《わら》にもすがる思いでここへ参ったのです。百瀬真言流のお教えを賜《たまわ》ったなら、この胸を苛《さいな》み続ける過去から、今度こそ解放されるかもしれないと思って」

あらかじめ考えておいた筋書きを語り終えると――ほとんどが棒読み同然であったが――、案内役の男はしっとり目元を潤ませていた。

どうやらまんまと同情を誘えたらしい。

「それはそれは、さぞやご苦労も多かったことでしょう。けれども安心しなはれ。ここへ来たならば魂はもはや救われたも同じ。時に、ここへはお一人で？」

「はい」

「左様どすか。ではさっそく、道場へとご案内いたしまひょ」

男に続いて嵐山を登っていきながら、錠吉は男の背中を吟味するように見る。法衣《ほうえ》に身を包んではいるが、おそらく真っ当な僧侶ではないだろう。経もろくに諳んじることのできない町人が僧の真似事をしているか、よしんば僧侶であったとしても破戒僧であることは間違いない。何せ男女の交合により解脱《げだつ》を目指すなどという、口にするだけでもいかがわしい教えに傾倒しているのだから。

ともあれこの男からは不穏な気配を感じなかった。新しい信徒の案内を任されていると言っても、彼もまた信徒の一人に過ぎないのだろう。

「あの、一つ伺いたいのですが。百瀬真言流はどのようなお坊さまが率いていらっしゃるのでしょう」

「おおそうやった、そら気になりますわなァ」

中腹にある法輪寺《ほうりんじ》を通り過ぎながら、男は首をまわして錠吉を顧みる。

「百瀬真言流の和尚は、菊丸さまというお方でして」

「菊丸、さま……」

「まだお若いし、あんたさんに負けず劣らずの美僧さまどっせ。こない煩悩じみたこと言うたら咎められるかもしれまへんがね」

そう言って男は笑みを漏らす。

「菊丸さまは座主《ざす》となり百瀬真言流を率いておいでるが、もう一つ、別のお顔を持っておられましてな。あのお方は仏師としてあらゆる宗派に精通し、如来《にょらい》、菩薩、明王《みょうおう》、天部《てんぶ》と、御仏のお姿を数多く彫ってこられた。その経験があるからこそ、百瀬真言流という究極の流派を立ち上げはったんどす。我ら悩める衆生を苦しみから救うためにね」

菊丸ほど徳の高い人物はまずいない。男は心酔しきった顔で断言した。

きっとこの男は、その和尚に三つめの顔があることを知らないのだろう。錠吉はそれ以上を言わないでおくことにした。

どれだけの距離を登っただろう、山の上方に行くほど木々は鬱蒼《うっそう》と枝葉を伸ばし、月の輝きを遮《さえぎ》っていた。当然ながら夜の山奥に人影はない。時折パキ、と小枝を踏む音がする。鳥か小さな獣だろうか。案内役の男は饒舌《じょうぜつ》に百瀬真言流の素晴らしさを説きつつ、さらに山の奥へと上がっていく。

すると突然、辺りに霧が漂い始めた。

「……ずいぶんと濃い霧だ。そう思わはったでしょ?」

男はにっこりと笑ってみせた。

「不思議なもので、ここにはいつも濃霧が立ちこめとりまして」

「まるで道場の在り処を隠しているようですね」

錠吉が返すと、男の声色がいっそう明るくなった。

「そう、まさにそうなんどす。実を言うとこれは菊丸さまのお力でしてね、ひやかしで道場を訪れようとする阿呆《あほう》を寄せつけまいと、神秘なるお力で道場を隠してはるんや……ほら、もう着きましたよ」

男がぴたりと立ち止まったものだから、錠吉はいきおい眉をひそめた。

濃い霧で見えづらいとはいえ、前方には、明らかに何もないではないか。目を凝らせども見えるのは竹林の獣道ばかり。

訝しがる錠吉をよそに、男は懐から大きな鍵を取り出した。

「さァさ、とくとご覧あれ。ここが我ら信徒の修行の地。菊丸さまのおわす、神聖なる道場どっせ」

そう言うなり、男は空中に鍵を差しこむ仕草をする。ゆっくりと、鍵がまわされていく。

次の瞬間、錠吉は息を呑んだ。

目の前に卒然と現れたのは豪華《ごうか》絢爛《けんらん》な建物であった。道場というよりかは御殿といった方が似つかわしい。全体を覆うまばゆい金箔《きんぱく》に、極彩色《ごくさいしき》の装飾。入り口の門には鶺鴒《せきれい》の紋章が施されている。蕭条《しょうじょう》とした山の中にあって、その建物はさながら異界にあるかのごとき様相を呈していた。

唖然とする錠吉に、

「なァに恐れることはおまへん。これぞまさしく稲荷大神の威光、そして我らが和尚の為せる業《わざ》ですさかい。ちなみにあの鶺鴒の紋は神話にあやかったもの。鶺鴒は日ノ本を生み出した夫婦神、イザナギとイザナミに〝遘合《みとのまぐわい》〟への道行きを教えた鳥といわれてましてな」

と、案内役の男は至って得意げだった。

「ほな前置きはこれくらいにして、いざ中へ。菊丸さまにお目通りを――」

だが直後、「ぐッ」とうめき声を上げて倒れこむ。錠吉はすかさず男の体を支え、静かに地面へと横たえた。

「……ここまでの案内役、ご苦労さまでした。事が済むまで眠っていてください」

パキ、と枝を踏みしめる音。

いつしか錠吉の背後には人影が四つ立っていた。

「ふん、まさかこんな形で道場を隠してやがったとはな」

昏倒している男を見下ろすと、瑠璃は飛雷を肩にかけた。峰打ちを食らった男は息こそしているが、完全に気を失っている。

「これじゃあどこを探しても見つからないわけだ」

権三と双子も口々に声を上げる。

「つとに、幻術ってのは便利なモンだよなあ」

「お疲れさま錠さん。芝居をするのは大変だったんじゃない？」

「まあ、多少な」

錠吉は笠を脱ぐと一息つき、腰帯に忍ばせていた三節棍《さんせつこん》の錫杖《しゃくじょう》を手に取った。

百瀬真言流の新たな信徒を装いつつも、実のところ、錠吉の後方では瑠璃たち四人が身を潜めていたのだ。木陰に隠れ、気配を殺しながら案内役と錠吉の後を追っていたのである。

芝居なら瑠璃の得意分野であり、錠吉の役は本来であれば瑠璃がするはずだった。

しかし隻腕という一見してわかる身体的特徴を隠すのは難しく、菊丸が該当する女に気をつけるよう、案内役に言い含めているだろうこともわかりきっていた。そのため錠吉が代わりを買って出たのだ。

いつもの風貌となった錠吉に向かい、瑠璃は労《ねぎら》いの言葉をかけた。

「これで夢幻衆に一矢報いることができるな。それにしてもさっきの口上、上手とは言えないけどやたら真に迫ってたというか。わっちも思わず聞き入っちまったよ」

「……半分は、本当のことでしたからね」

そう答える錠吉の瞳には、微《かす》かな影が差していた。

一瞬、瑠璃と錠吉の間に妙な沈黙が流れた。

——そうか。錠さんの心にもまだ、忘れられない想いが残ってるんだな。

「ほれ、しんみりしとらんで早《はよ》う行くぞ」

鍔《つば》のない黒刀に変化した飛雷が、二人を現実に引き戻した。

瑠璃は道場の仰々しい佇まいに目をやる。

「それじゃあ皆……心の準備は、できてるな？」

ニヤリと片笑んだ頭領に、男衆は表情を引きしめ、頷いた。

ぎらぎら輝く金造りの道場へと押し入った黒雲は、至る部屋で男女が無秩序に絡みあう様を目の当《ま》たりにした。汗ばみながらもつれあい、体をくねらせ、喘《あえ》ぎ声を上げる人々の姿。だがそこに艶《つや》めいたものを感じることはない。感じたのはむしろ、おぞましさである。

信徒たちの笑みに滲むのは狂気だ。ことに女は異常で、目は夢うつつに蕩《とろ》け、緩んだ口の端からはだらりと涎《よだれ》が垂れていた。何かしらの術をかけられているだろうことは、確かめるまでもない。陰陽術により心を支配されているのだ。

肉欲に溺《おぼ》れる人々の有り様は、瑠璃たちの背筋を薄ら寒くするばかりであった。

「こっ、こちらどす」

かくして黒雲の五人は大きな襖の前へと辿り来た。

「菊丸さまは、こ、この向こうに……」

襖には濃い色合いで四十八手の一場面が描かれている。瑠璃の凄みに圧され案内を命じられた信徒の男は、不憫《ふびん》なくらいにおびえきっていた。

双子が両側から襖を開く。

ひときわ豪華な大部屋にて煙管《キセル》を持ち、金襴《きんらん》の法衣をはだけていたのは、

「わっちと会うのはこれで三度目だ。そうだろ、菊丸和尚？」

「お前ら――」

夢幻衆が一人、菊丸。邪教の祖は予期せず現れた黒雲の五人を前に、言葉も出ないらしかった。

面長《おもなが》の輪郭に細めの眉。頬にある縦二本の傷痕が目を引くものの、均整の取れた顔の中でとりわけ目元が蓮音と似ている。優男《やさおとこ》風の顔立ちに相反して体格はがっしりとしており、男の色香が漂う容姿を見れば、なるほど美僧と称《たた》えられるのも頷けよう。

さりとて瑠璃は、菊丸の唇に酷薄な印象を覚えていた。

「まあ菊丸さま、お顔が真っ青やわ。どないしはったんどす？」

「この人らはどちらさんで？」

菊丸にしなだれかかるように侍《はべ》っていたのは、襦袢《じゅばん》姿もみだらな女子たちであった。肌にしっとり張りついた襦袢。後れ毛の流れるうなじ。火照《ほて》った頬――おそらくは「修行」を終えたばかりなのだろう。

「……大事な客や。外してくれ」

「でも菊丸さま、修行の続きが」

「外せ言うんが聞こえへんのか？」

苛立った声に女子たちはびくっと肩をすくませた。襦袢もはだけたまま立ち上がり、瑠璃たちを横目に大急ぎで部屋を走り去っていく。

「へえ。わっちらもお前と話したかったからちょうどいいが、あの女子らを巻きこまないように配慮するとは、さすが和尚はずいぶんとお優しいみたいだな」

瑠璃の言に対し、菊丸は苦虫を噛み潰したような顔をした。

「けッ。この道場まで辿り着いたことは褒めたるが、見当違いをしなや。俺は昔から女っちゅう生きモンが、反吐《へど》が出るくらい嫌いなんや。どいつもこいつも胸の悪ぅなるよな色気を滲ませて男を食らう。顔で笑っとっても、腹ン中じゃじめじめと粘っこい感情をはびこらせとる。お優しいやと？　アホ言え。女みたァな〝汚らわしい〟モンに優しくしたる必要がどこにある？」

意外だった。

──じゃあ東寺でわっちに〝汚らわしい〟と言ったのは、片腕しかないからじゃなくて、わっちが女だったからか。

が、瑠璃は釈然としなかった。

どうやら錠吉も同じ心境だったらしい。

「そんな風に思っているなら、なぜ百瀬真言流を立ち上げた？　男女の交合で極楽浄士に行けるなどと、嘘八百もいいところ。人心を惑わすことがお前たち夢幻衆の目指す不死に繋がっているとでもいうのか」

問い詰められた菊丸は視線をさまよわせた。この期に及んで逃げようと企んでいるのかもしれない。しかし唯一の出口である襖は黒雲の五人が完全にふさいでいる。

「いずれこっちから呼び寄せたるつもりやったんに、こんなに早く居場所を嗅ぎつけられるとはな……」

ややあって「まァええ」と、菊丸は観念した風に嘆息した。

「隠すことでもないさけ教えたる。蟠雪から聞いたかもしれんが、人間が老いて死ぬんは、陰の気と陽の気の調和が崩れるからや。陰陽道において、男は陽。女は陰。この二つがまじりあったなら――つまりは交合によって、体内の陰陽を整えることができる」

確かに蟠雪も似たようなことを言っていた。不老ノ妙薬は陰と陽を整えるための薬であると。手段は違えど夢幻衆は「陰陽の調和」というものに強いこだわりを持っているようだ。なおかつそれを追究するためなら、他者を巻きこむことも厭わない。

「菊丸とやら。聞けばお前は、仏師だそうだな」

錠吉の口から低い声音が漏れ聞こえた。

「いやしくも仏の道に携わる者が民草の懊悩《おうのう》につけこみ、神仏の名を乱用して邪教を広めるとは……恥を知れ」

静かな言葉の端々には、錠吉にしては珍しい怒りの色が含まれていた。長年を密教僧として過ごしてきた彼のことだ、仮にも仏の姿を彫ることを生業《なりわい》とする仏師が、かような悪行を働くのが許せないのだろう。

だが一方で、

「邪教？　なぜそう思う？」

と、菊丸もまた敵愾心《てきがいしん》を剝き出しにしていた。

「信徒らの顔を見なんだのか？　ここへ来るのは神や仏にすがっても、どれだけ祈りを捧げても救われんかったモンばかりや。そいつらが今、あんだけ幸せな顔をしとるんやで」

「それはお前が術をかけたからだろうっ」

「ああそうや。快楽だけを求めるよう、俺が術をかけたった。それでええやないか。信じられる者は幸せ者。ここにおるモンらは皆、今が幸せなんや」

「戯言《ざれごと》を――」

「錠さん、もういい」

気色ばむ錠吉を抑え、瑠璃は菊丸を睨みつけた。夢幻衆と「幸せ」なるものの定義を議論しあったところで不毛。時間の無駄にしかなるまい。

「なあ菊丸、わっちらが何を聞きたいかはもうわかってるよな？　蓮音はどこにいる。お前らの頭領、蘆屋道満は？　知らないとは言わせねえぞ」

菊丸は口を閉ざしていた。

「……だんまりか。まあいいさ、お前を縛り上げて聞くまでのこと。覚悟しろよ、裏白虎を隠してる場所も洗いざらい吐くまでは、断じて容赦《ようしゃ》しねえからな」

鋭い視線を投げつけると、瑠璃は前方に足を踏み出した。男衆もそれに続く。

対する菊丸はギリギリと歯を食い縛っていた。手に持つ煙管を握りしめるや、瑠璃の足元に向かって投げつける。

煙管は灰をまき散らしながら、ごん、とやたら鈍い音をさせて畳に落ちた。

「何だ、悪足《わるあ》掻《が》きならもっとうまくや——」

ところが瑠璃は半端に言葉を切った。煙管が音を立てて落ちた瞬間、部屋の天井が、ガラリとひとりでに開いたのだ。黒雲の五人は揃って上を見仰ぐ。

天井から瑠璃たちをのぞきこんでいたのは、蟠雪の作った異形。

裏四神になれなかった妖鬼の大群であった。

「舐《な》めくさりよって。容赦しないっちゅうんはこっちの台詞《せりふ》や」

言うが早いか菊丸は立ち上がる。と同時に妖鬼の群れが畳に向かって落ちてきた。

「待ちやがれっ」

菊丸を追おうとした瑠璃は、しかしその場を動くことができなかった。妖鬼が一斉に襲いかかってきたからだ。

「く……っ」

顔面に向かい飛びついてきた妖鬼を、飛雷で払いのける。続けざまに別の妖鬼が躍りかかる。

妖鬼の影に紛《まぎ》れるようにして、瑠璃は刀を振りつつ視線を走らせた。

四方八方から飛びかかってくる妖鬼たち。菊丸が部屋を走り出ていくのが見えた。

男衆も各々の武器を手に応戦していた。が、この数を捌《さば》きるには時間がかかる。瑠璃は蹴りをまわす。飛雷で薙《な》ぎ払う。

——ちッ、小賢《こざか》しい真似を。

胸の内に、蓮音を取り逃がしてしまった時のことが思い出された。またあの悔しさを味わうのか。否、もう同じ轍《てつ》は踏むまい。

——あの野郎は今日ここで、必ず捕らえる。逃がすわけにはいかねえんだ。

妖鬼たちには悪いが、ひと太刀《たち》で片をつける。

瑠璃は声を張り上げた。

「全員、屈めっ」

号令を聞いた男衆が膝を折る。瑠璃はぐんと刀身の伸びた飛雷を、横一線に振り抜いた。

黒い刃は男衆の頭上を滑り、部屋の襖もろとも妖鬼たちの体を両断した。斬られた妖鬼は煙となって次々に浄化されていく。

「追うぞっ。奴はまだ近くにいる」

残った妖鬼を振り払いつつ全員で廊下へ飛び出す。長く煌《きら》びやかな廊下の突き当たりに、袖を翻《ひるがえ》す菊丸の姿が一瞬だけ見てとれた。

「あっちです頭っ」

しかしそこへ、

「ちょ、ちょっと、何ですのんあんたらっ。そない物騒なモン持って……」

道場の一室から顔を出したのは菊丸の信徒たちであった。錠吉は駆けだそうとしていた足を止めた。

「今すぐお逃げなさいっ。ここにいては巻きこまれてしまう」

「巻きこまれるって、何に」

「菊丸さまはどこへ？」

事態を呑みこめぬ信徒たちは乱れた姿でおろおろと顔を見あわせるばかりだ。中にはまだ夢うつつの顔をした者も多い。

その時、ガタン、と音がして廊下の天井が開け放たれた。またしても菊丸が絡繰《からく》りを起動させたのだ。床へと落ちてくる妖鬼の群れ。異形の出で立ちを目にした信徒は騒然となった。

「ぎゃあああああっ」

物々しい悲鳴が道場中に響き渡る。いくら術をかけられているといえども、この異常事態は信徒たちの目を覚まさせるに十分だった。

「急いで山を下りるんです、法輪寺の辺りまで走って、早くっ」

錠吉の怒声が届いたか、信徒たちは男も女もろくに着物をまとわぬまま蜘蛛の子を散らしたように逃げだした。

廊下を駆ける男女。襲いかかる妖鬼。それらの波に逆らいながら菊丸を追わんとする黒雲。事態は今や収拾がつかぬほどに混沌としていた。

「うう……っ」

瑠璃は後ろを見返る。信徒を庇ったのだろう、栄二郎が仰向けに倒れこんでいた。

上には妖鬼がのしかかり、栄二郎の顔にかぶりつかんと歯を打ち鳴らしている。

「栄——」

「俺の弟に何しやがるっ」

と、すぐ横にいた豊二郎が弟の上に乗った妖鬼を蹴り飛ばした。すでに発現させていた弓矢を使い速やかに妖鬼を射抜く。

「おい栄、血が……」

「平気、ちょっと肩を噛まれただけだから。兄さんこそ怪我してるじゃないか」

「お前たち、早く立てっ。足を止めるなっ」

栄二郎の危機に肝を冷やしたのも束の間、瑠璃は背後から襲いかかってきた妖鬼に視線を転じた。飛雷で素早く斬る。次は右、さらには左——逃げ惑う信徒とぶつかり、妖鬼とやりあううちに、瑠璃たち五人の体には細かな傷がついていた。互いを庇いあう余裕すらない。

それでもどうにか、廊下の突き当たりまで辿り着くことができた。

「皆、こっちだ。裏口がある」

先を行っていた権三が叫ぶ。瑠璃たちは目まぐるしく妖鬼を蹴散らしながら廊下を突き進んでいく。

——逃がしてなるものか。絶対に、絶対に……。

そうして裏口から外へと飛び出した瑠璃の前には、この世のものとは思えぬほど、真っ白な世界が広がっていた。

霧が濃すぎるせいで己の足元すら覚束《おぼつか》ない。菊丸が幻術の威力を強めたのだろうか。これでは先を行く権三の背中すら見つけられないではないか。

「権さん、どこだっ?」

「こっちです頭、向こうから足音が聞こえた」

声のみを頼りに竹林を駆ける。だが曖昧《あいまい》になった方向感覚では権三の居場所がしかとつかめない。地面からそそり立つ竹にぶつかり、急ぎ駆けることも難しい。

霧に四苦八苦するさなか、瑠璃は足裏でパキ——と何かを踏む感触を覚えた。葉や小枝ではない。陶器の割れるような音だ。

足元に目をやった矢先、

《まんまと踏みよったな》

どこからともなく、菊丸のほくそ笑む声が聞こえた。霧に身を隠しながらこちらの動向を見ているのだろう。蟠雪の時と同じだ。

瑠璃は立ち止まる。全身を緊張が貫いていた。

今のは何だ。また絡繰りの類であろうか。よく見ると踏みしめた地面は、わずかに盛り上がっている。

ところが時が流れれども、瑠璃の身には何の変化も起こらない。これに狼狽《ろうばい》したのは当の菊丸だ。

《何でや、そんなはずは……》

「知ってるよ菊丸。今のは呪いの土器《かわらけ》。いわゆる〝蠱物《まじもの》〟ってやつだろ？」

今度は瑠璃がほくそ笑む番であった。

蠱物。内側に朱砂《しゅしゃ》で呪を記した土器を貝のようにあわせ、黄色の糸で十文字に縛った呪物である。これを地中に埋め、怨敵に踏ませることで術を発動させるのだ。

「実はうちの男衆がこの近辺を下調べしてくれててね。術が不発になるよう、ちっとばかし細工をさせてもらったのさ」

事前に嵐山へと赴いた錠吉は、瑠璃にこう言っていた。どれだけ強力な呪物であっても必ず解く術というものがある。嵐山の各所に仕掛けられた蠱物も然り、幸いにも古い書物に解き方の記述を見つけたのだと。

とはいえ、嵐山の地面すべてを確認しきれたわけではないらしかった。

——特に山頂付近には、俺たちでも近寄りがたい危険な気が流れていました。もしかしたら夢幻衆は、山の上部で調整をしていたのかもしれません。蠱物がきちんと作動するかや、威力の度合いを……嵐山の頂上には古い城跡があるだけで人は滅多に立ち入りませんから、試しをするにはもってこいだ。

錠吉たちが処理した蠱物は踏むと邪気を噴出し、踏んだ者を錯乱させる効果があったそうだ。他方、頂上に埋められた蠱物の効力は未知数である。最大限に呪力を込めた、殺傷能力のある蠱物があったとしてもおかしくない。

夢幻衆は、黒雲を殺そうとまでは考えていないだろう。ゆえに山の上方へと導くこともないはずだ。

——ですが、注意だけはしておいた方がいい。山の頂上には決して近づかないこと。よろしいですね？

《何ちゅう忌々《いまいま》しい。蠱物の術まで知っとるとは……》

菊丸が腹立たしげに舌を鳴らすのが聞こえた。

しかし、敵方の手を一つ潰したからと言って、戦況が黒雲の優勢になったわけではない。

瑠璃は走りながら背後を見やる。錠吉はどこにいるのだろう。豊二郎は。栄二郎は。三人の気配こそすれ、霧に阻《はば》まれて姿を認めることはできない。権三にも今なお追いつけぬままだ。

——まずい、これじゃあ……。

瑠璃は再び足を止めた。

「聞こえるか皆、一度わっちのもとに集まれっ。このままじゃ全員ばらばらに——」

刹那《せつな》、右横から何かが迫り来る気配がした。

瑠璃は反射的に屈みこむ。頭上を飛び越えた気配は、めきめきと竹を薙ぎ倒しながら地面に降り立つ。

呼吸も荒く視線を上げた瑠璃は、その姿を見て、絶句した。

霧に浮かび上がるは、巨大にうねる縞《しま》模様。太い四肢。先の尖った牙。

そして、緑と青の瞳——。

「……白、なのか……？」

我知らず、声が震えた。

眼前に立ちはだかっていたのは裏白虎。

獰猛《どうもう》な一体の虎と化した、猫又の白であった。

《その白猫は、極めて優秀な〝素材〟やった》

菊丸が淡々と述懐した。

《猫と虎が似た生き物やからか、そいつは裏白虎との相性が抜群でな。元々、裏白虎はそないな見た目やなかったんや。顔は鬼女の顔やったし、体かてもっと歪やった》

だが白を融合させたことにより、裏白虎は完全なる虎となった。それまで核になっていた鬼や妖まで内側に埋もれ、代わりに白が、裏白虎の核となってしまったのだ。

今や瑠璃の顔からは血の気が引いていた。

《蓮音に聞いた。俺ら夢幻衆がわざとお前らに裏四神を仕向けとること、もう気づいとるんやってな？　なら今さら芝居を打つ必要もない》

耳には男衆の呼ぶ声が聞こえる。足音が近づいてくるのもわかる。彼らは程なくこちらにやってくるだろう。が、姿はまだ見えない。

「白……こんな状態じゃ、わっちは」

飛雷を振るうことなど、できない。白自身が裏白虎の核に——裏白虎そのものになってしまった以上、長助の時のように斬り離すことすらできないだろう。

しかし菊丸は冷然と言い放った。

《殺《や》れ、黒雲。鬼退治を為すお前らなら、虎退治もできるやろう》

猛々《たけだけ》しい咆哮《ほうこう》が放たれる。物凄まじい邪気が辺りを満たしたのと同時に、裏白虎は身を屈める。大きな四肢が地を蹴った。振りかざされる虎の爪。瑠璃は竹の間を転がる。

「止まれ、白っ」

裏白虎は向きを変えるやこちらに向かって突進する。横に跳びすさる瑠璃。猛虎の体当たりを受けた竹が脆《もろ》くも倒れていく。

素早く踵を返し、裏白虎は前脚を振るう。

──速い。

飛雷を掲げ持つ。ぶつかりあう前脚と刀。しまった、と瑠璃は瞬時に後悔した。焦ったせいで峰ではなく刃を向けていたのだ。白を傷つけてしまった。そう思ったのも束の間、刃の当たった前脚が、ビキビキと音を立てた。

「何──」

次の瞬間、裏白虎は刃の鋭さを意にも介さず、硬化した前脚を振るって瑠璃を刀ごと押し飛ばした。

竹に背を打ちつけた瑠璃は血を吐き出す。対する裏白虎は次なる攻撃に備え姿勢を低くする。その体は前脚から順に、不可思議な光沢を帯び始めていた。

「あれは、鋼《はがね》、か」

「おそらくそうじゃろう」

刀の内から飛雷が答える。

「四神のうち白虎は西方、秋、そして金の属性を司っておる。真なる四神でないとい えど、裏白虎にも似たような力があるらしいな」

鋼で覆われた肉体を、どうやって止めればよいというのか。刀も鋼でできているゆ え強度は同じ。飛雷の刃をもってしても貫くことは容易でない。裏白虎はまさに鉄壁 の防御を身につけているのだ。

体軀《たいく》をひねる裏白虎。長く白い尾がこちらに向かって振りまわされる。見ると尾も すでに鋼の強度を得ていた。

瑠璃はふらつく体に鞭《むち》を打つ。後方へと跳び上がり尾をよける。音を立て薙ぎ倒さ れる竹を避け、次なる尾の一撃をかわす。

「聞こえてるだろう白、止まれ、止まるんだっ」

されど瑠璃の声は、虎の咆哮によって掻き消されてしまった。

「わっちのことが、わからないのか……?」

「頭、どこですっ」

不意に裏白虎は、男衆の声がした方を見巡らす。瑠璃にもの言いたげな一瞥をくれたかと思いきや、そのまま霧の中に消えてしまった。

次いで聞こえてきたのは男衆の緊迫した声であった。真っ白な世界の所々から聞こえる虎の猛り声。男衆が応戦する声。裏白虎は獣の聴覚と嗅覚でこちら側の位置を把握できるのだろう。そうやって一人ずつ、攻撃しているのだ。

「皆――」

一方の瑠璃たちは目視するまで裏白虎の位置がわからぬため、どうしても後手にまわらざるを得ない。これでは嬲《なぶ》り殺しにされるだけだ。

「飛雷、白の居場所がわかるか？」

「何となくなら……じゃが虎の感覚ほど正確ではない」

「くそっ、どうすりゃいいんだ」

とにかく皆で固まらねば全滅を待つのみだ。

瑠璃は意識を両耳に集中させる。ここから最も近くにいるのは、

「錠さんっ」

方向を確かめると手探りで竹の間を掻いくぐり、声のする方へと急ぎ向かう。

ようやく合流が叶った時、錠吉の左腕はぶらんと力なく垂れ下がっていた。骨が折れているのは確かめるまでもなかろう。

「あの体当たりを食らっちまったのか」

「不意を突かれて。ですが利き手への攻撃はどうにか回避できました」

痛みをこらえつつ言うと錠吉は霧の中へ目を眇《すが》める。

「向こうで権の声がする。頭、まずはあっちへ――」

だが言い終わるよりも早く、二人の背後で、気配がした。

瑠璃は振り返る。霧の中に縞模様を認めるや否や、飛びかかってきた巨軀《きょく》の勢いに負けて押し倒される。圧迫される体。軋《きし》む骨。何とか飛雷の峰を噛ませたものの、裏白虎はなおも瑠璃の頭に食らいつかんと牙を剝く。左腕だけでは抑えきれない。

「頭っ」

同志の動きを察した瑠璃は声を振り絞った。

「錠、さ、駄目――」

しかし止める間もなく、錠吉の錫杖は裏白虎の青い目を打った。

眼球だけは鋼に覆われていなかったのだろう、痛々しい叫びが虎の喉から吐き出される。低く轟《とどろ》く虎の叫び。

それは白の叫びに相違なかった。

片目を潰された裏白虎は瑠璃から離れ、再び霧の中へと消えた。

「助かったよ錠さん、でも、白に攻撃は……」

「何を言ってるんですっ。こんな状況で生易しいことはもう言っていられない。あなたもわかっているでしょう？」

錠吉の叱咤《しった》が、胸をぐさりと刺すようだった。

「わかってる、わかってるよ。でも白は……白はわっちの、友だちなんだ。さっき押し倒された時、何となく感じた。あいつはまだ鬼と同化しきっていない。意識もあるし、何より生きてるんだ」

死んでもいなければ白自身が鬼になってしまったわけでもない。つまり鬼の怨念さえ取り除けば助けられるかもしれないのだ。

語勢も弱く訴える頭領を、錠吉は寸の間、逡巡するように見つめた。

間を置いて、

「斬り分けの修行は、成功しましたか」

問われた瑠璃は無言で首を横に振る。

「……そうですか。ならやむを得ませんね。別の手を使いましょう」

「策があるのか?」

「頭。青の風を出してください。できるだけ強い風を」

瑠璃は眉を曇らせた。龍神の力を引き出す際に生じる、青の風。それを出せば瑠璃はさらなる速さ、そして膂力を発揮できる。強力な敵と対峙した時にのみ使う力だ。

「あの風を出したら確かに鋼だって斬れるだろう、でも」

「安心なさい。白を斬るために言うのではありませんから」

錠吉の眼差しは真剣だった。同志の言うことに、嘘はない。瑠璃は黙って唇を引き結んだ。

その場で目を閉じ、胸元にある三点の印へと左手を当てる。胸の奥では心の臓が激しい鼓動を繰り返していた。

——落ち着け。白はまだ助けられる。だから落ち着くんだ。

呼吸を整え、昂《たかぶ》る気を静め、神経を研ぎ澄ます。

たちどころにして、瑠璃の立つ地から青の旋風が巻き起こった。錠吉が瑠璃にぴたりと寄り添う。風は二人を中心にますます勢いを増していく。

すると辺りの霧が、段々と風に掻き消されていった。

「——そこか」

と、錠吉は携えていた輪宝《りんぽう》を投げた。

先端が突き出た飛び法具は宙を滑空する。鮮明になりだした霧の中、輪宝は放物線を描き、そして――竹林に身を潜めていた菊丸の、手元を捉えた。

「式盤が……っ」

思わぬ攻撃を受けた菊丸は、地面に尻餅をつき声を詰まらせていた。視線の先にある六壬式盤はものの見事に砕けている。

瑠璃と錠吉は揃って菊丸に近づいていった。

「なるほど。これだけの霧があるんだから術で姿を隠す必要もなかったってわけか」

「その式盤がなければお前は裏白虎を操れない。これでひとまずは白を解放してやれるだろう」

青い顔で二人を見上げる菊丸。

しかしながら彼が蒼白になっているのは、二人に追い詰められたからではなかった。

「お前ら、何ちゅうことをしてくれたんや。式盤が無《の》うなったら、俺が操らなんだら裏白虎、は……」

ふと、菊丸の言葉は、そこで遮られた。

瑠璃と錠吉も同時に息を詰める。

裏白虎が、菊丸の背後に佇んでいた。

「ひッ」

閉じた片目から流れ出るどす黒い血。緑の瞳が静かに、無機質に菊丸を見据える。

菊丸の美しい顔立ちはたちまち恐怖に凍りついた。

「た、頼む裏白虎。おまはんに嫌な思いをさせたことは謝る。悪かった」

薄い唇を震わせて菊丸は請う。

「このとおりや、おまはんにはもう関わらんっ。せやから頼む、命だけは――」

終わりを待たずして、裏白虎は菊丸の体に食らいついた。潰れた悲鳴が一帯に響き渡る。生きたまま肉が引きちぎられる音。骨が砕かれる音。辺りに生温かな血が飛び散っていく。

瑠璃と錠吉はただ目を見開き、巨大な虎が菊丸の肢体を食らう様を、見ていることしかできなかった。

――こんなこと、白がするはずない。

すう、と足先から冷えが這いのぼってくる。

――六壬式盤を破壊したのに、それでも白を解放してやれないのか……？

「白」

つと裏白虎の視線が、菊丸の残骸から瑠璃へと移る。

「わっちだよ、瑠璃だ……。なあわかるか、白」

緑の瞳がとっくりと、瑠璃を眺める。しかし裏白虎が答えることはなかった。血に染まった口を開くや、内側から虎のうなり声を発する。純白の体を這う黒い縞模様が、さらに濃く、大きくなった。

白は鬼の怨念に呑まれているのだ。もはや瑠璃の顔も、自身の名も、本来の姿さえもわからなくなっているに違いない。使役の要であった六壬式盤が破壊された今、自我を失くした白は目に映るもの一切をしゃにむに襲う、凶暴な獣と化してしまったのだった。

途端、裏白虎は瑠璃めがけて跳躍する。錠吉が錫杖を掲げて頭領を庇う。

無事な右腕だけで牙を押さえこむことは難しく、足をふらつかせる錠吉。直ちに瑠璃も加勢する。が、二人がかりでも圧し負けてしまうのは目に見えている。

それでも瑠璃は、決心がつかなかった。

「瑠璃、腹をくくれっ」

刀から叱責が飛んでくる。

「我に命じろ、大蛇になれと。裏白虎を倒すのじゃ。こうなってしまっては致し方なかろう」

「でも、そしたら白は」

とそこへ、権三と双子が駆けつけた。

事態を瞬時に察したのだろう、権三は金剛杵《こんごうしょ》を振りかざす。裏白虎の前脚を勢いよく打擲《ちょうちゃく》する。強力な打撃によって鋼の一部がわずかに砕けた。ひるんだ猛虎は後ずさる。すかさず双子が鋼の欠けた前脚を弓矢で追撃すると、悲痛な呻吟《しんぎん》が竹林にこだました。

――この感じ……やっぱり白は、まだ鬼と完全には同化しちゃいない。

瑠璃は心を奮い立たせた。

「この場に留めろ、助走をつけさせるなっ。錠さんと権さんはわっちと一緒に隙を作る。その間に双子は鎖の結界で白を縛れ。まずは動きを止めるんだ」

だが決死の策も、実を結ぶことはなかった。

さらに荒々しさを増して吼《ほ》える裏白虎。勢いをつけるや権三に向かって前脚を振るう。跳び上がって錫杖の突きをいなす。黒刀の一撃をかわす。身をよじり、経文を唱えんとした双子を長い尾で薙ぎ倒す。

その実、男衆もまた全力を出しきれてはいなかった。致命傷を負わせることに躊躇《ちゅうちょ》していればどうしても防戦一方に陥《おちい》ってしまう。

片目と前脚に傷を負った裏白虎は方向感覚が狂うのか、苛立った様子で頭を振る。先ほどのような速さは影を潜めつつある。今なら瑠璃の斬撃や権三の打撃で少しずつでも鋼を打ち崩していくことができよう。

されど裏白虎を倒すということは、転じて白を殺すということだ。そんなことがどうしてできるというのか。

「やらなければ、こちらがやられてしまう」

そう漏らす権三の動きにも、やはり葛藤が窺《うかが》えた。

やがて男衆の攻撃を掻いくぐった裏白虎は、地を蹴り、瑠璃へと躍りかかった。

――どうすれば。

「斬るのじゃ、瑠璃っ」

――斬る。白を？

「刀を振ってください、頭っ」

――斬るしか、道はないってのか……。

思い切れないでいる瞬間にも裏白虎は見る見る迫ってくる。

だがここで予想外のことが起きた。

「白さんっ」

「やめるのだ、白どのっ」

何と付喪神たち――お恋とこまが、瑠璃と裏白虎の間に飛び出してきたのだ。妖たちに向かって光る猛虎の牙。

それを見るや、瑠璃は無意識のうちに飛雷を放り出していた。

「ぐ、うう……っ」

激痛が左腕に走り、瑠璃はたまらず顔を歪《ゆが》める。

裏白虎が付喪神たちに食らいついた瞬間。瑠璃は咄嗟に己の左腕を、裏白虎の口内に差しこんだのであった。

「白さ……お願いです、元に、戻って」

くわえられたお恋とこまの体は、虎の門歯に圧迫されて抜け出せない。瑠璃は口内で肘を曲げ、それ以上は口が閉まらぬよう支える。

対する裏白虎はうなり声を上げるなり頭を振った。このまま瑠璃の腕ごと、付喪神たちを噛み砕こうとしているのだ。瑠璃は渾身の力で足を踏ん張り、腕に力を込めて抵抗する。

次いで怒声を張ったのは油坊とがしゃだった。

「お恋、こま――」

「おい白っ。何やってるんだよお前はっ」

瑠璃は塒を出る際、妖たちにこう言い置いてあった。戦いの場には決して来るな、と。さりとて白の身を案じた妖たちは、安穏と座しているだけではいられなかった。矢も楯もたまらず嵐山に向かい、瑠璃たちに遅れてたった今、この場に到着したのである。

裏白虎の体に飛びつくがしゃ。口を無理やりこじ開けようとする油坊。だが猛虎の威力を前に、妖の力が及ぶべくもない。

「ちくしょう、ちくしょうっ。何でこんなことになっちまったんだよっ」

「お恋とこまが苦しんでるのがわからないのか？　白、頼むから目を覚ませ。鬼の怨念に負けないでくれっ」

友らの必死の叫びとて、裏白虎には届かない。瑠璃の左腕は今やミシミシと嫌な音を立てて軋んでいた。すかさず駆け寄る男衆。が、四人の力をもってしても裏白虎の口は開かない。

ぽたりと、赤い血が地面に滴《したた》っていく。瑠璃の腕はもはや限界に達していた。

このままでは自分の腕もろともお恋とこまが噛み砕かれてしまう。そうなれば付喪神たちは一巻の終わりだ。お恋の実体は瀬戸物、こまの実体は石像なのだから。かといって門歯に挟まれた体を引っ張り出すことも、やはりできそうにない。

お恋とこまはもう何も言葉を発しなかった。恐怖の言葉も、助けを求める言葉も上げはしない。彼らの体は小刻みに震えていた。

固く両目をつむる様から、瑠璃は、二体の付喪神が「死」を覚悟しているのだと悟った。

「……るり、さん」

はっと目を瞠《みは》る。今の声は間違いなく、裏白虎の喉奥から聞こえてきた。

「白──」

猫又が、ようやく自我を取り戻したのだ。刃を向けずにいて正解だった。

安堵が胸をよぎったのも束の間、

「瑠璃さん……お願いが、あります。アタシを、斬って、くれませんか」

耳を疑った。

愕然《がくぜん》とする瑠璃に向かい、白は続けて言う。

「この体は、アタシの体であって、アタシの体じゃない。鬼の怨念に支配されて、まったく言うことを聞かないんです。自分の意思じゃ、もうどうにもならない」

「でもお前は、生きてるのに」

助かる可能性が残っているのに。

一瞬の沈黙を挟み、白は「……ええ」と細い声を返した。

「けれど意識もそのうちまた、途切れるかもしれない。そうなってからじゃ遅いんです……だから早く、斬ってください、今のうちに」

自分が、自分でいられるうちに。

時が止まったようだった。

己が手で、白を斬り殺す。さもなくばお恋とこまが死んでしまう。

しかし、

――白を手にかけるなんて、わっちには――。

無理だ。こうして言葉を交わせているのに、友の生を今もありありと感じているのに、斬ることなど、できるはずがない。

沈黙から心の内を察したのだろう。

「にゃはは、そうですか。まあ、そうだろうと思ってましたけどね……」

白はいつものように意地悪な声で笑った。

見れば緑の瞳からは、透明の涙が伝っていた。

「アタシは妖。あの男みたいに見苦しくじたばたなんてしない。まだちょっぴり怖いけど、引き際くらい、ちゃあんと弁《わきま》えてますからね」

言うなり身をひねる。勢いよく首を振る。緩く開いた口元から、お恋とこまが転がり出た。左腕が外れた瑠璃も地面に倒れこむ。

「白っ」

裏白虎は瑠璃たちに背を向けた。と思いきや、山の上方へと走りだす。

「いけない、そっちは――」

瑠璃も立ち上がり、足をもつれさせながら裏白虎を追う。霧はすでに晴れていたが、山の上へ上へと行くにつれ、裏白虎の踏みしめる地面から刈萱《かるかや》の白い綿毛が舞い上がった。

綿毛の漂う山中を瑠璃は駆ける。知らぬ間に涙があふれていた。

「待ってくれ、白……行くな……っ」

白が何をしようとしているのか、瑠璃はわかっていた。わかってしまったのだ。止めようとする声は震え、掠《かす》れ、山の中に空しく消えていく。必死に駆けれども、裏白虎の後ろ姿は見る間に遠くなっていく。

――もしかしたら夢幻衆は、山の上部で調整をしていたのかもしれません。蟲物が

きちんと作動するかや、威力の度合いを……。

ドォン――と、激しい爆発音が轟いた。地は揺れ、山の上方から粉塵《ふんじん》が押し寄せてくる。さらに多くの綿毛が舞い散り、辺りを淡い白色で染め上げていく。

瑠璃は、音のした地点に辿り着いた。

そこには黒々とした邪気が漂っていた。鬼の怨念、妖鬼の邪気。だが黒い気はやがて薄れ、掻き消えていく。そうして地面に横たわった、白猫の姿をあらわにした。

「……白」

瑠璃は地にひざまずく。友の、小さな体に触れる。その瞬間、白猫の姿はゆっくりと輪郭を失い始めた。

白のすぐ横には巻物が――裏青龍や裏玄武の体内にあったのと同じ、古びた巻物が落ちていた。されどそれも白の体が薄れゆくのに従い、ぼろぼろと、消し炭のごとく崩れていく。

何もなくなってしまった地面を見つめ、瑠璃はむせび泣いた。

こうして、裏白虎は死んだ。
刈萱の綿毛が舞い散る中、白猫は、命を終えて消滅した。

五

白の死とともに巻物は消え、木嶋大路の起点となる地、蚕ノ社には新たな禍ツ柱が立ち上がった。これで三つの柱が揃ったことになる。

だが瑠璃にとって、巻物や柱など、今はどうでもよいことだった。

——白を、守れなかった。

普通なら陽気な妖たちに「自死」という発想はない。が、白は自ら死を選んだ。それは取りも直さず、白が心から友を想っていたということ。あのままではきっとお恋やこま、瑠璃たちとて無事では済まなかったろう。そうわかっていたからこそ白は意識のあるうちに、嵐山の頂上へと駆けた。菊丸が試しに埋めていた蠱物を、己が足で踏み抜くために。

どこか淡白で天邪鬼《あまのじやく》だった猫又は、誰よりも、友を愛していたのだった。

——必ず救い出すと誓ったのに、わっちは、結局……。

「瑠璃」

　塒の居間にて、生き残った妖たちは悲嘆に沈んでいた。

　お恋とこまは喋らない。油坊も俯いたまま、どこともない一点を呆然と見ている。塒に留まっていた宗旦は彼らの顔を不安げに見比べ、据わりが悪そうに塩垂れるばかりであった。

　声をかけてきたがしゃは、拳を震わせていた。

「もう我慢ならねえ。瑠璃、やっぱり俺たちも戦うからな」

　髑髏の声は憤怒に満ちていた。長助のみならず白まで喪ってしまった今――友の最期を目の当たりにしてしまった今、怒りが頂点に達するのも当然だ。

　二体の付喪神も、油すましも緩慢に顔を上げて瑠璃に目を留める。彼らも髑髏と同じ考えなのであろう。

　夢幻衆との戦いに、妖が加わる。

　その情景を頭に思い浮かべて、しかし瑠璃は、首を横に振った。

「何で……」

　がしゃは語気を荒らげた。

「長助と白は夢幻衆のせいで死んだ。夢幻衆に殺されたようなモンだろうが。露葉だってまだ囚われたままなのに、それなのにお前は、俺らにただ黙って見てろって言うのかっ」

「白の――裏四神の威力を、お前たちも実感しただろう。露葉が囚われている裏朱雀も、同等かひょっとしたらあれ以上の力を持ってるはずだ……。お前たちには、危険すぎる」

「忘れたのか瑠璃？　俺たちだってまったくの無力ってわけじゃないんだぞ」

そう声を上げたのは油坊だ。

「平将門公との決戦で、俺やがしゃは死霊軍を相手にうまく立ちまわれた。夢幻衆との戦いでも力になれるはずだ」

「拙者らも、じっとなんてしていられないのだ」

「私たちにだってきっと何か、できることがあると思うんです」

こまやお恋も矢継ぎ早に言い立てる。涙も乾き切らぬまま訴える妖たちの面差しからは、頑《かたく》なな意志が見てとれた。彼らの心情をむろん、瑠璃とて理解している。もし自分が彼らの立場だったなら同じことを言うだろう。

しかし、だからこそ、

「……承知できない」

「瑠璃ッ」

「お前たちはもう、江戸に帰れ」

この言を受けた妖たちの表情には、今や失望が差していた。

「おい瑠璃。お前それ、本気で言ってんのか」

「ああ……本気だよ」

がしゃの体から怒りの気が発せられるのを、瑠璃はひしひしと感じ取った。

「ふざけんなっ。江戸へ帰れだと？　この状況で、露葉を置いて？　ああ、お前はいつもそうだ。鬼退治にせよ夢幻衆との戦いにせよ、俺らを弱いと決めつけて蚊帳《かや》の外にする。相談の一つもしやしねえ。お前ら黒雲に露葉のこともすべて任せて、おめおめと安全な江戸に帰るなんて——それが俺らにとってどんだけ酷なことか、お前はわかってんのか？」

妖たちの視線が全身に突き刺さる。瑠璃は友らの目を直視することができず、畳を流し見た。

返す言葉は、見つからなかった。

「瑠璃、悪いがお前のことはもう信じられねえ。お前ならわかってくれると思ってたのに。もう何年も友だちやってるけど、お前がこんなに俺らの気持ちを酌《く》んでくれねえ奴だなんて、思わなかった」

言うとがしゃは腰を上げた。髑髏に続き、油坊、お恋、こまも立ち上がる。

「待てお前たち、どこ行くつもりだ」

「さあな、とりあえずここにはもういられねえ。俺らは俺らの思うようにやる。お前にいちいちお伺いを立てる必要なんてねえんだ」

「がしゃ、頼むから座ってくれ。ちゃんと話を――」

「話をしねえのはお前じゃねえかっ」

髑髏の怒鳴り声が塒に響いた。瑠璃は伸ばしかけていた手を止め、押し黙る。

胸がぐらぐらと揺れてたまらない。江戸にいた頃からの友。これからもずっと続くのだと信じて疑わなかった友情。だがひとたび生じた綻《ほころ》びは、修復できぬほどに大きくなっていた。

自分が、何とかするから。必ず、守ってみせるから。白と長助の仇を取り、必ず、露葉を救い出すから――心に浮かんだ言葉を、瑠璃はとうとう口に出すことができなかった。

誓っていながら、自分は結局、守ることができなかったではないか。白に自死という悲愴な最期を遂げさせてしまった今、誓いはもはや口先だけの薄っぺらなものにしか聞こえないだろう。

無言の視線をくれたのを最後に、妖たちは、揃って塒を出ていってしまった。

「……瑠璃はん……」

唯一残った宗旦がおずおずと話しかけてくる。がしゃたちの側につくべきか、瑠璃につくべきか。困惑しつつも、妖狐は瑠璃のもとに留まることを選んだ。

「ねえ瑠璃はん、大丈夫やよね？　きっと皆、またここに戻ってくるよね？」

宗旦の不安を拭い去ってやれるだけの言葉は、今の瑠璃にはなかった。

——白にあんな辛い選択をさせてしまったのは、わっちに、力がなかったからだ。

白猫は、混迷する意識の中で瑠璃に頼んだ。自分を斬ってくれ、と。

人間である夢幻衆と妖である友らの死に際はまるで正反対であった。蓮音は夢幻衆たるもの道満のためなら死すら辞さないと嘯《うそぶ》いていたが、実際はどうだったか。菊丸も、蟠雪とて然り、死の危機に瀕するや恐れをなし命乞いをした。

他方で白は、死に恐れを抱きながらも「己が死ぬべき時」を悟っていた。長助も、静かに微笑んで逝《い》った。とどのつまり、長寿であるぶん妖は、人間よりよほど冷静に死を見ているのかもしれない。

——わっちにも、覚悟があったなら……白は自死なんて、しないで済んだのか。

鬼と鬼以外を斬り分けることが未だできないからには、露葉に対しても「覚悟」しておかねばならないのだろうか。

だがさような覚悟など、この先も持てる気がしない。かといって他に手立てもない。露葉を救いたいという気持ちだけではあまりに心許なく、自信さえも、失いかけている。そんな自分がどうして友らを説得できるというのだ。

——弱いのは妖じゃなくてわっちの方だ。龍神の生まれ変わりでも、黒雲頭領と呼ばれていても、わっちは、弱い。現に何一つ、守れていないじゃないか……。

瑠璃は己の無力さを、呪わずにはいられなかった。

夜も深まった子《ね》の刻、上階からか細い涙声が聞こえてくる。行灯《あんどん》の灯《ともしび》も消えた居間で、栄二郎はひとり両目を開けた。

一階の居間には錠吉と権三、兄の豊二郎が布団を並べ眠りについていた。静まり返った時の中に漂っているのはしっとりと湿った空気ばかり。折から続いていた秋雨のせいか、はたまた鬱々《うつうつ》とした心持ちのせいでそう感じられるのか。妖たちのために用意した褞袍《どてら》は持ち主を失い、居間の隅に所在なげに畳まれている。

小さく吐息をこぼすと栄二郎は布団から出た。足音を立てぬよう兄の横を通り、階段を一歩ずつ上がっていく。

すすり泣く声は階段を踏みしめるごとに鮮明になっていった。

塒の二階では宗旦が静かな寝息を立てている。その横には瑠璃が、夢を見ているのだろう、目を閉じたまま頰に涙を伝わせていた。

「長助……白……」

栄二郎は無言でしゃがみこみ、瑠璃の寝顔を見つめる。自らの体を抱くようにして縮こまる姿は見るだに痛々しく、平素の彼女らしい覇気は見る影もない。

妖たちが塒を去って以降、瑠璃は毎夜こうして涙を流していた。眠りながら、亡き友の名を呼び続けていた。栄二郎はそれに気づいていたのだった。

──瑠璃さん……。

頭領として心身ともに強くあろうと気張っていても、その実、瑠璃はひとりの女子に過ぎない。彼女はあまりに多くの気苦労を抱えこんでいた。昔よりかは男衆に頼り、素直に助けを求めるようになったものの、なお種々の問題を胸にわだかまらせているのは聞かずともわかる。

夢幻衆との戦い。友である長助や白の死。閑馬の死。追い討ちをかけるように起こった、妖たちとの決別。本来の目的である生き鬼の救済とて解決の糸口が見えないいまだ。

そして、彼女の心を苛んでいるであろう問題がもう一つ。

見れば瑠璃の寝顔は、いっそう苦しげなものになっていた。

「ごめ、なさ……わっちのせい、で、ごめんなさい……」

消え入りそうな謝罪が誰に向かってのものなのか、栄二郎は理解していた。

ずれてしまった布団をかけ直し、頬を伝う涙をぬぐってやる。最後にそっと瑠璃の頭を撫《な》でると、栄二郎は意を決して立ち上がった。

埖の玄関を出た瞬間、そぞろ寒《さむ》の空気が体を包みこんだ。この時節の京は昼夜の寒暖差がめっぽう激しい。日中に暖かさを感じられても、夜になると体が強張るほどの冷えが襲ってくるのだ。

――こんな状況じゃなかったら、京の秋を皆で楽しめたかもしれないのにな。

己の口から漏れては消える白い呼気を眺め、栄二郎は堀川沿いを南に歩きだした。

四条通の半ばで曲がり、約束していた膏薬辻子《こうやくのずし》――綾小路通《あやのこうじどおり》までを走る細い小道に着いた時、相手はすでに栄二郎を待っていた。

「麗ちゃん」

辺りを忙しなく見まわしていた童女が、ばっとこちらを振り返る。

栄二郎を見るや麗は体を硬くした。分厚くかかった前髪から、感情の失せた目が見え隠れする。

「何なん、こない狭い道に呼び出して」

ぼそぼそと喋る声色から、栄二郎は威嚇《いかく》の響きを聞き取った。

「来てくれたんだね。ありがとう。文に書いたとおり、今は俺ひとりしかいないから安心して」

おびえさせまいと言葉を選んでも、童女の警戒は一向に解けなかった。

「そんなん、嘘かもしれへん」

袂《たもと》を探るや否や、麗は紙の束を取り出した。たちまちにして五体の妖鬼が召喚される。こちらに向かって一挙に駆けだしてくる。

片や栄二郎はその場から動かなかった。黒扇子を出すことも、退くこともせず、黙って麗のみを見つめ続ける。

攻撃が繰り出される瞬間、

「──待ちっ」

麗の声に、妖鬼はぴたりと動きを停止した。

眼前には妖鬼の爪が光っている。それでも栄二郎は面差しを引きしめたまま、応戦しようとしなかった。

「俺は何の武器も持ってないし、麗ちゃんを攻撃しようなんてことも思ってないよ。他の皆にも黙ってここへ来たんだ。もちろん瑠璃さんにもね」

丸腰であるのを示すべく、両の掌を麗に向かって広げてみせる。

「信じてって言っても難しいかもしれないけど、本当に敵意なんかない。話を聞いてほしいだけなんだ。ただ、麗ちゃんが怖いのもわかる」

「……」

「だから、もしどうしても嫌だったらこのまま帰るよ」

しばらくの間、麗は思い巡らすように口を噤んでいた。

「……ちょっとでも変な動きをしたら、すぐこの子らをけしかけるさかい」

抑揚のない声で言うと、呪を唱える。反応した妖鬼が紙へと戻っていく。紙の束はひとりでに宙を飛び、童女の手元に収まった。

「ありがと……堪忍な」

胸に抱えた紙束に向かい、麗は小声でささやいた。

おそらくはこの幼い童女も妖鬼の存在をいたわしく思っているのだろう。体を異形に変えられ、紙の中に封じこめられてしまった妖鬼たち。彼らに同情していても時には力を借りねばならぬ己を、口惜しく思っているに違いない。

――この子はやっぱり、他の夢幻衆とは心根が違う。

麗のさりげない仕草から、栄二郎はそう確信していた。

二十日ほど前、瑠璃が蓮音と対峙していた頃。

栄二郎はひとり四条河原へと足を運んでいた。養父である鳥文斎栄之《えいし》の知りあいに会うと説明したのは実のところ、本当の行き先を知られぬための方便であった。

その日、河原に麗の姿はなかった。やはり瑠璃と鉢合わせしたくないからだろう。考えあぐねた栄二郎は宝来の翁、与茂吉に一通の文を託すことにした。麗が戻ってくることがあれば渡してほしいと言って。文には待ち合わせの場所と日時、伝えたいことがある旨を記しておいた。栄二郎が瑠璃の同志であると知った与茂吉は、迷いを見せながらも頼みを引き受けてくれたのだった。

「よも爺《じい》を使ってウチを誘い出そうなんて、あんた、卑怯や」

こちらに攻撃の意思がないと伝わったらしいが、麗の表情はなおもって硬かった。

「待って麗ちゃん、与茂吉さんを使うだなんて、そんなつもりはさらさらないよ」

「よも爺に何を言うたん？　ウチに文を渡せと脅したんちゃうんか」

思いがけぬ弁に、栄二郎の肩からゆるゆると力が抜けた。

――ああ、それで素直にここまで来てくれたのか。

文を与茂吉に託したはよいが、麗が本当に会ってくれるかは半分以上が賭けであった。どうやら麗は与茂吉が手荒な真似をされたのではと勘違いし、それを咎めるためにここへやって来たらしい。

宝来の者たちを傷つける意思がないことを、栄二郎は切々と説明する。童女の誤解を一掃するにはかなりの時間を要してしまった。

「……それで話って、何やのん」

ようやく本題に入れるか――と、青年は密かに深呼吸をした。

「麗ちゃんにとっては聞きたくないことかもしれないけれど、瑠璃さんの〝過去〟を知ってほしくてね」

瞬間、童女の目元が微かに引きつった。

「麗ちゃんが瑠璃さんのことを憎んでるのはもちろん知ってる。憎むのも、当然だと思う。ただ、ほんの少しだけでもいいから、あの人が今まで歩んできた道を知ってもらいたいんだ。理解してあげてほしいとは、言わないから」

そう前置きして、栄二郎は慎重に言葉を重ねていった。

京に来るまでの、瑠璃の過去――遊女として吉原に身を置いた日々。黒雲頭領となり行ってきた数々の鬼退治。そして、江戸城にて決死の思いで戦い抜いた、あの日のことを。

「そこにあるお社のこと、京びとの麗ちゃんなら知ってるかな」

と、左方を目で指してみせる。

神田神宮《かんだじんぐう》。またの名を「平将門社《たいらのまさかどしゃ》」という、極めて小さな社である。

天慶《てんぎょう》の時代、悲運の武将であった将門は死闘の果てに敗北を喫し、京で首をさらされた。後に念仏の祖と仰がれる空也上人《くうやしょうにん》が堂を建て、将門の魂魄《こんぱく》を供養したのがこの地である。瓜を思わせる三尺ほどの石は、社の神体とされていた。

「瑠璃さんに片腕しかないのは、将門公と戦ったからなんだ。将門公は今まで俺たちが対峙した中でも最強の鬼だった。でも瑠璃さんは……頭は、絶対に諦めなくてね。江戸に生きる人みんなを守るために、自分から右腕を将門公に差し出したんだ」

麗は何も言おうとしなかった。が、まったく無反応なわけでもない。それが証拠にあれだけ張り詰めていた警戒心が、少しずつ解け始めていた。

――今、俺は出過ぎたことをしてるのかもしれない。

お節介で終わるならまだよいが、もしかすると事態をより悪化させてしまうかもし

れない。だとしても、

——瑠璃さんは毎晩、一人きりで泣いてるんだ。静観してるだけじゃいられない。重荷は一緒に背負うって、約束したんだから……。

おそらく瑠璃には、自身の過去を麗に話す腹積もりがないのだろう。己がいかに苦労を重ね、どれだけ多くのものを失ってきたかと、語ったところで麗への償いにはなりえないからだ。元より己が保身のため同情を買うような行為を、瑠璃という女は断じてすまい。

麗の憎しみは然《さ》もありなん。だが瑠璃に酌むべき事情があるのもまた事実。だからこそ栄二郎は、瑠璃の過去を伝えたかったのである。

「…………」

片や童女の瞳は、どこか困惑気味に瓜型の石を見つめていた。

「あのね、麗ちゃん。知ってるかどうかわからないけど、瑠璃さんと麗ちゃんには、血の繋がりがあるんだよ」

「えっ？」

やはり知らなかったのか。しかしそれも仕方のないことだ。事実を伝えられたであろう麗の父は、彼女が産まれる前に地獄へ行ってしまったのだから。

瑠璃や正嗣の出自である滝野一族は苛烈な差別から逃れるべく、閉ざされた山里に暮らしていた。彼らには概して血縁関係があり、瑠璃と正嗣も例外ではなかった。

麗は正嗣の子。つまり瑠璃にとって麗は血の繋がった唯一の生き残りであり、麗にとっても瑠璃は、この世でただ一人の血縁者ということになる。こうした事情も瑠璃が夢幻衆から麗を引き離したいと願う所以だ。

「瑠璃さんが言ってたんだ。麗ちゃんが夢幻衆の言いなりになってるのは、宝来の人たちの命を盾に取られてるからじゃないか、ってさ。どうだろう、当たってるかな」

麗は黙していたが、やがてごく小さく頷いた。

家族同然に思う宝来の者たちを守らんがため、麗は折檻《せっかん》をされても、妖鬼に憐憫《れんびん》の情を抱いていようとも、夢幻衆を抜けることができないでいるのだ。思ったとおり童女は自身の不死も、ましてや蘆屋道満の不死も望んではいなかった。

「……あんたの話は、わかるけど、わからへん」

ふと、麗はつぶやくように言った。

「もしあの女の性根があんたの話と合うとるんなら、そんだけ誰かのために戦える女が何で、同族を殺したん」

栄二郎はたちまち返答に困ってしまった。

――参ったなあ、やっぱりそう来るか……。

滝野一族が滅びるに至った「真相」を明かすことはできなくもない。だが瑠璃の本意を推し測るなら、明かすべきではないだろう。はてさてどう返したものか。

「麗ちゃん、それは――」

「我が、滝野ミズナの体を乗っ取ったからじゃ」

いきなり聞こえた声に、麗のみならず栄二郎も動転した。

振り返って見れば栄二郎の背後には、いつからそこにいたのだろう、黒蛇が鎌首をもたげていた。

「飛雷っ。どうしてここに？」

「ぬしが塒を出ていくのを見てな。後を尾けておったのじゃ」

言うと飛雷は麗に視線をやった。

「あんた、あの女の蛇やろ……今言うたんは、どういう意味」

いきおい身構える童女に対し、飛雷は訥々《とつとつ》と真相を明かした。

「我は古《いにしえ》の時を生きる龍神、飛雷という。滝野一族を滅亡に追いやったのは瑠璃ではなく、この我よ」

「龍神さま、が？」

「待って飛雷、それは言わない約束だったんじゃ」

栄二郎が言葉を封じようとしても、黒蛇は従わなかった。

「我が幼かった瑠璃の体を支配し、すべてを壊したのじゃ。あの頃の我は人間を疎《うと》ましく思っておった。我を裏切り見捨てた人間なぞ、みな死んでしまえばよいと思っておったからな」

そうして飛雷は、まだ五つだった瑠璃の体を乗っ取り、滝野一族を殺してまわった。正嗣の心に、決して消えぬ恐怖と憎しみを植えつけたのである。

「瑠璃は——あやつめ、ぬしにこの事実を言うなと口止めをしてきおった。我こそが〝元凶〟であると知れば、ぬしをいたずらに混乱させるだけじゃからとな。さりとて我は、我が明かすべきと思うことを明かす」

黒蛇はくいと麗を見上げた。

「娘よ。お前が恨むべきは瑠璃ではない。恨むなら、我をこそ恨め」

すべてを知った麗の面差しには、明らかな動揺が浮かんでいた。

「嘘……じゃあ、おっ父が生き鬼になってもうたんも」

「左様。ぬしが半人半鬼の身に生まれたこととて、この我が諸悪の根源じゃ」

ずるい、と麗の口から弱々しい非難が漏れた。

「ウチはずっと、よも爺や皆から、神さんを大事にしなさいって教わってきたんや。やのに全部、全部、神さんのせいやったなんて。そんなん、ずるい……」

するとと何を思ったか、飛雷は地を這い、麗に向かって近づいていった。童女はぎょっとしたように後ずさりする。

「ちょっと飛雷――」

「やめて、ウチに近寄らんといてっ」

引きつった声を聞くや黒蛇は麗の手前で動きを止め、口にくわえていた白い物体を地に置いた。

「我の牙じゃ。ぬしにやる」

短く言うと麗から距離を置き、栄二郎の横も通り過ぎていく。

「元より我は、ぬしが尊ぶような善なる神ではなかろう。じゃが我にとて神なる力がある。その牙は有事の折に必ずやぬしの盾となり、剣《つるぎ》となるじゃろう。守りとして取っておくもよし。信じられぬなら、捨てても構わん」

こう言い残して、黒蛇は辻子を去っていった。

――もう、飛雷ってば……。

栄二郎は呆れた面持ちで黒蛇の消えた方角を眺めた。

──様子がおかしいって瑠璃さんが心配してたけど、やっぱり飛雷も、麗ちゃんのことでずっと悩んでたのかな。

あるいは他にも何らかの苦悩があるのだろうか。龍神の考えなど相棒である瑠璃でさえつかみきれないのだから、栄二郎にはなおのことわからない。

──それにしても瑠璃さんと飛雷が前世で兄弟だったたって、妙に納得だなあ。どうして龍神さまって、ああも不器用なんだろう。

一方で麗はしゃがみこみ、人差し指でおそるおそる牙に触れていた。飛雷の言葉を信じるべきか否か迷っているに違いない。

その様子を見た栄二郎は心中で願わずにいられなかった。

瑠璃と飛雷の想いが、麗に届きますようにと。麗自身をも苦しめているであろう恨みつらみの念が、いつか晴れますようにと。そして、

──神さま、仏さま、お願いです。俺のこの想いが、瑠璃さんに届かなくっても構いません。けれど、どうか瑠璃さんの心が、少しでも安らぎを取り戻せますように。笑顔が戻りますように……。

六

　時節は早くも神無月《かんなづき》となった。

　間もなく京は紅葉の最盛期を迎えようとしている。澄んだ空気の中で万物はくっきりと形を確かにし、天を仰げば月も星もさやかに見える。柔らかな木の葉のそよぎ、虫の声が耳に心地よい響きをもたらす。

　だが今宵《こよい》、同じ京にあってとある一箇所だけは、俗界と異なる雰囲気を醸し出していた。

　黒雲の五人が訪れたのは寺町二条《てらまちにじょう》。かの有名な本能寺《ほんのうじ》の隣に位置する、妙満寺《みょうまんじ》という寺だった。まだ眠るには早い夜五ツだというのに、僧侶たちが控えているはずの宿坊にも本堂にも灯《あか》りは皆無だ。まるで夜を恐れているかのようにすべての戸は固く閉ざされ、寺内は奇妙なほどのしじまに包まれていた。

　ぐしゃ、と朴《ほお》の落ち葉を踏みしめる音がいやに大きく鳴った。

「お前さんだね、坊主を食らう鬼というのは」

本堂を見つめていた鬼女はゆらりと振り向く。

境内に瑠璃たち五人が佇んでいるのを認めるや、眼球のない真っ黒な目が細く弓なりになった。

ひまりが聞いたという坊主を食らう女の噂。その正体が鬼であると推した瑠璃は中京にて調べを進め、ここ妙満寺にくだんの鬼が現れることを突き止めた。

しかし時すでに遅く、

——餌食になった坊さんたちは、ひい、ふう……六人か。

瑠璃は鬼の風貌を見て瞳を陰らせる。

鱗文《うろこもん》の帷子《かたびら》に包まれたなよやかな体。鬼女の首には六つもの欠けたしゃれこうべが、数珠《じゅず》繋ぎに提げられていた。

「見イ……ツケタ、ァ」

鬼女の口から愉悦まじりの声が漏れる。今宵の獲物を見つけたのだ。その視線はまっすぐに瑠璃の左隣——錠吉へと注がれていた。

笑みをたたえたまま、鬼女は地を蹴った。瞬時にして錠吉へと迫り寄る。黒い爪を振りかぶる。その動きたるや、辛うじて目で追えるかという速さだ。が、錠吉はすでに携えていた錫杖を前方にかざした。

錫杖ごと地に押し倒される。錠吉に馬乗りになりながら、さらなる一撃を繰り出さんとする鬼。と、鬼の背中を、権三の金剛杵がしたたかに打ち据えた。

「ギャアッ」

たまらず鬼は錠吉から離れる。悶《もだ》えつつ地を転がる。そこへ待ち構えていた瑠璃が飛雷の斬撃を繰り出した。

ところが鬼は寸前で斬撃をかわす。跳ぶようにして立ち上がる。

「いくぞ栄」

「了解っ」

着地の瞬間を狙い、今度は豊二郎と栄二郎が純白の矢を射った。さすがにこれは回避しきれなかったのだろう、右腿《もも》と左腕に一本ずつ矢を浴びた鬼女は、痛みに身をよじる。

「おい錠さん、怪我はないかっ？」

瑠璃が声をかけると、

「ええ……思ったとおり、鬼は俺に狙いを定めているようですね」

起き上がりざま、錠吉は「これでいい」と頷いてみせた。

「引き続き、この作戦でいきましょう」

噂によれば妙満寺の鬼女が標的とするのは剃髪《ていはつ》した僧侶ばかりだ。ならば自分が囮《おとり》となり鬼女を引きつけよう。錠吉は自らそう提案していたのであった。

果たして作戦は功を奏した。鬼女はぎらりと視線をくれるや、またも錠吉に向かって突進していく。防御する錠吉。一方で瑠璃と権三は両脇から攻撃を仕掛ける。双子は上空に張った注連縄の結界を維持しつつ、後方から矢を放つ。

鬼女は瑠璃たちの攻撃を煩《わずら》わしそうに回避するものの、やはり視線を錠吉から外そうとしない。おそらく僧侶を殺すという目的さえ達成されれば他の者などどうでもよいのだろう。

執着の対象や程度は鬼によってそれぞれだが、この鬼女、どうも僧侶に対して並ならぬ怨嗟《えんさ》を抱いているらしい。

錠吉を狙い再度駆けていく鬼女。生前は美しかったであろう髪は振り乱され、肌は今やどす黒いまだら模様に染まっている。

指先から伸びた黒く鋭い爪が、錠吉の頭上にかざされた。

——ここだ。

瑠璃はその動きを先読みし、左手に持つ飛雷を振る。黒刀の軌道は見事、鬼の首を直撃した――かに思われた。が。

「ふ、う……っ」

唐突に襲ってきた痛みが、瑠璃の握力を鈍らせた。斬撃が当たるあと少しのところで軌道は逸れ、刃は宙を空振りするのみに終わる。挙げ句、瑠璃は黒刀の柄を取り落としてしまった。

こちらには目もくれず錠吉に向かって猛攻を続ける鬼。片や瑠璃は地に突き刺さった飛雷を支えにし、立っているのがやっとの状態であった。

「どうしたんです頭っ」

「鬼の爪にやられたのか？」

「いや、ずっと見てたけど一撃も食らってないはず……」

男衆の焦り声が飛び交う。今の今まで俊敏に動きまわっていた頭領が急に苦しみだしたのだから、何が起こったのかと混乱するのも無理はない。

「わっちのことはいい……早く、鬼を」

体勢を立て直そうとすれども痛みは増していく一方だ。瑠璃は背を丸め、食い縛った歯の間からうめき声を漏らした。

腹の下をぎゅっと引き絞るような痛みは鈍痛に変わったかと思いきや二度、三度と強烈な痛みに変じて瑠璃を苦しめる。この原因が何なのかは誰あろう瑠璃自身がよくよく承知していた。

月経の痛みだ。

――ええ腹立たしい、こんな時に、動けなくなっちまうなんて……。

折悪しく昨日から始まった月のものは、今日で二日め。最も痛みが重くなる日であり、鬼退治の日程と重なってしまったのは瑠璃にとって間違いなく不運であった。しかしながら男衆に事情を明かすのもためらわれ、さらには出かける際に幾分か痛みが軽くなっていたこともあって、予定どおり鬼退治へ向かうことにしたのである。

それがよもや、退治の真っ最中に激痛が襲ってくるとは。

「頭……？」

異変に気づいた錠吉も鬼の攻撃を掻いくぐり、瑠璃の方へと駆け寄ってきた。頭領の身に何かあったともなれば、残念だがいったん退くしかあるまい。

鬼女は顔面に笑みを貼りつけたまま、黙って錠吉の姿を目で追っていた。

瑠璃に案じる眼差しを向ける錠吉。どうしたのかと問いながら瑠璃の背に触れる、錠吉の姿を――。

「いかん、構えろッ」

飛雷の怒号が響いた。

次の瞬間、大きく開かれた鬼の口から、鬼哭《きこく》が発せられた。

境内の木々が揺さぶられる。葉が散り散りに吹き飛んでいく。怒りと憎しみの詰まった突風が、渦をなして黒雲を襲う。

――よくも、騙したな。よくも、よくも、女心を踏みにじったな。

鬼の呪詛《じゅそ》が心を冒す。

――他の女に触れるとこなんか見たァない……殺してやる。坊主なんてみんな、みんな、殺してやる。

鬼哭の力は予想以上に凄まじい。が、双子の張った結界のおかげで何とか身動きは取れそうだ。瑠璃は突風に身を押し留めながら鬼女を見やる。泥眼の面越しに見る鬼の顔には、哀切と、嫉妬が滲んでいるように感じられた。

鬼女は哄笑《こうしょう》とともに再び駆けだす。狙いは変わらず錠吉だ。これを察した錠吉は瑠璃の前に進み出る。鬼女の首に数珠繋ぎとなったしゃれこうべが、ガランとぶつかりあい音を立てる。

と、瑠璃の頭に閃《ひらめ》きが生じた。

「錠さん、権さん、あの首飾りを壊してくれ」

「やれぱわかる、とにかく急げっ」

宵闇に光る黒い爪。錠吉は錫杖で辛くも受け止める。権三は鬼の横から金剛杵を振り抜く。鬼はこれをかわして後方に跳ぶ。体勢を整えるやさらに敏捷《びんしょう》な動きで飛びかかる。

一方で瑠璃は、

「豊。栄。鎖の結界でわっちの手を縛ってくれ。飛雷を絶対に落とさないように」

双子が指示どおり経文を唱える。たちどころに白く輝く鎖が発現し、瑠璃の左手と黒刀の柄を包みこんでいく。

鎖がきつく縛られたのを確認すると、瑠璃は目を転じた。

錠吉と権三は鬼の素早さになお苦戦している。鬼は二人の動きを嘲笑《あざわら》うかのように跳躍し、爪を振るい、また移動する。だが金剛杵を回避せんと身をひねった一瞬を狙い、錠吉が、錫杖の先端を突き出した。

先端がしゃれこうべを繋ぐ紐を捉える。錠吉はすかさず力を込め、錫杖をぐんと手前に引き寄せる。

紐が断ち切られ、六つのしゃれこうべは宙を舞った。

「首飾りを？」

途端、鬼女の顔から笑みが消えた。

——今だ。

瑠璃は即座に走りだした。下腹部の痛みが和らいでいる今なら渾身の一撃を与えられるだろう。対する鬼女は地に散らばったしゃれこうべに気を取られていた。膝を折り、特に欠損の激しい一つのしゃれこうべに触れようとする。

錠吉と権三の間を通り過ぎると、瑠璃は鬼女の目前で足を踏みきる。

そうして首筋に狙いを定めた瞬間、

——くっ、またか……。

先ほどの痛みがぶり返してきたのだ。柄を握る力が緩みそうになる。されど双子の鎖が、瑠璃と飛雷をどうにか繋ぎ止めてくれた。

瑠璃は持ちうる限りの力で左腕を振るう。

黒刀が一閃し、鬼女の首を胴から斬り落とした。力なく倒れる胴体。寸の間の後、首もどすんと音を立てて地に転がり落ちた。

——ねえ、何であないなことを言うたの？

魂が浄化されていく中で、鬼女の首は、欠けたしゃれこうべと向かいあっていた。

——本当は、嘘かもしれへんってわかってた。でも愛していたの、誰よりも。せやから、ずっと、信じとったんやよ……。

鬼女の体が夜闇に溶けきる最後の一瞬。

瑠璃たち五人の瞳には、座してしゃれこうべを胸に掻き抱く、女子の哀しげな姿が映っていた。


「まるで〝娘道成寺《むすめどうじようじ》〟みたいな話さ」

塒へと帰る道すがら、瑠璃は事の真相を男衆に語った。

あの女子は生前、妙満寺にいた一人の若い僧侶に恋をした。諦めなさい、お坊さまとの恋など実るはずがないのだから。こう諭す周囲の声に悩みつつも、ひとたび芽生えた恋心を易々と捨ててしまうことはできない。女子は毎日のように妙満寺へ通った。当の僧侶はといえば、初めこそ女子の気持ちを丁重に断っていたものの、次第に断り続けるのが億劫になったらしい。

いつか還俗《げんぞく》するかもしれない——こう僧侶から言われた女子は有頂天になった。僧を辞するということは、妻帯が可能になるということ。やっと自分の想いが届いたのに違いない。しかし後に彼女は悟ることとなる。彼に還俗する気など、微塵《みじん》もなかったのだということを。

最期の言葉からして、女子は僧侶の本音に薄々気づいていたのだろう。だがたとえわかっていても、想いを捨てることはできなかった。純粋すぎる想いはやがてこじれ、当人でも抑えられぬほどに屈折していく。ついに女子は己の手首を掻き切って果てた。かくして、僧侶を食らう鬼女が誕生した。

これとよく似た話がある。

芝居の演目として名高い「娘道成寺」だ。

「昔々、熊野詣《くまのもうで》の途中で一夜の宿を借りた安珍《あんちん》って坊さんが、その家の娘、清姫《きよひめ》に懸《け》想《そう》された。困った安珍は、熊野詣を終えたらまた戻ってくると約束したんだ。けれどそれは嘘っぱちでね。約束を反故《ほご》にされたと気づいた清姫は怒り、安珍を追いかけるうちに化け物になって、寺の鐘の中に隠れた奴《やっこ》さんを呪詛の業火で焼き殺しちまうのさ。その恨みがこもった鐘っていうのが、妙満寺にあるんだ」

「……なるほど。確かに、今倒した鬼女の怨恨とどことなく似てますね」

あらすじを聞いた権三も思案顔で腕組みをした。

「昔話になぞらえたような鬼、か」

「そうだ。しかも今回が初めてじゃない」

昨今、京には一段と多くの鬼が出没するようになっていた。禍ツ柱の邪気が人の心に巣くい、死者を鬼の道へと導くからだろうか。

鉄輪《かなわ》の鬼。恋塚寺《こいづかでら》の鬼。のみならず、黒雲がこれまで京で退治してきた鬼の怨恨には昔話を想起させるものがいくつもあった。

単なる偶然に過ぎまいと、思っていたのだが。

──本当に、偶然なんだろうか。

これほどまでに偶然が重なり続けると、陰で何らかの力が働いているように思えてならない。

ではもし、偶然ではなく「必然」なのだとしたら。

「遠い昔に京びとを恐れさせた鬼の伝説が、何かの拍子で今また繰り返されてる、とか……？」

「ええ？　何言ってんだよ瑠璃、そんなことあるわけねえじゃんか」

こう鼻白《はなじろ》んだのは豊二郎である。

「昔の京は晴明公たち陰陽師に守られてたんだろ？　伝説にある鬼だって全員、陰陽師がちゃあんと抜かりなく退治したはず。だよなあ錠さん？」

「……そう、とは言い切れないかもしれない」

一同の視線がたちまち錠吉に集中した。

「ど、どういう意味だよ、陰陽師は鬼退治もしてたんじゃなかったのか？」

「ああ、していたとも。だが俺たちの思う鬼退治と、陰陽師の思う鬼退治は少し意味あいが違っていたようでな。そもそも陰陽道には〝鎮魂〟という概念がないんだ」

錠吉が文献から知ったところによると、陰陽師が行うのはあくまで魔を「祓う」ことであり、それ以上ではないらしい。鬼退治とて然り、陰陽道においては鬼の魂を浄化するのでなく、鬼の力を抑えこみ、踏み固めて封じるに止《とど》まる。瑠璃たち黒雲がこだわってきた「成仏」とは似て非なる思想だ。

「するってぇと——」

瑠璃は嫌な予感がした。

「いくら退治されたって言っても、伝説の鬼たちの魂は今も京に残ってるってことじゃないか。形をなして生者に危害を加えることはできなくても、怨念は、京の地に染みこんだままだ」

不意に、ある記憶が頭を掠めていった。

——六道珍皇寺の井戸から聞こえた声……あれはまさか、本当に……。

こんなことを考えるなど我ながらどうかしている。そう思いつつも、心に留めておくことはできなかった。

「あのさ、笑わずに聞いてくれよ。京が今この瞬間、黄泉国になりかけてる、なんてことは考えられねえだろうか」

「黄泉国っ？」

「この世にありながら死者の世界となり、あの世に存在する死者の世界と繋がろうとしている——そんな風に思えるんだ」

これには男衆も揃って眉をひそめていた。突飛なことを言っているのは百も承知。だが瑠璃には思い当たることもいくつかあるのだ。

「昔話に似た鬼がこうして何体も出現してるのだって、昔からあの世に行けないでいる怨念が地中から染み出して、現代の生者に影響を及ぼしてると考えれば辻褄《つじつま》があうだろ？ それに、六道珍皇寺の井戸だって変だったし」

一瞬、栄二郎が目を伏せたのがわかった。

——ごめんな、栄。

瑠璃は横目で青年を見つつも口早に言い募る。

「今の京はどう考えても異常だ。殺しや自害で死人が増えて、昔話さながらの鬼が顕現する。地中にも成仏できず仕舞いの魂がわんさかとある。こんなのはまるで死者の世界そのものじゃないか」

「確かに一理ありますけど、そこまでの話でしょうか」

「そりゃ考えすぎかもって自分でもわかってる。ただ、人間には感じられなくても獣や妖が空気の違いを敏感に感じ取れるってこともあるだろう？　現にわっちらは寒さなんてほとんど感じてなかったのに、寒くて凍えそうだってがしゃたち、が……」

言いかけて、瑠璃の気勢は急激に萎《しぼ》んでいった。

――瑠璃、悪いがお前のことはもう信じられねえ。

胸に去来したのは、塒を出ていく妖たちの後ろ姿であった。

――頼むから座ってくれ。ちゃんと話を――。

――話をしねえのはお前じゃねえかっ。

「…………」

あの言い争いから、すでにひと月以上が経過していた。その間、瑠璃たちは通常の鬼退治に追われながら妖たちの戻りを待った。だが待てど暮らせど彼らが帰ってくることはなく、何をしようとしているのかも、まるで見当がつかなかった。

「瑠璃さん。今日はもう、帰って休もう。疲れたまんまじゃ考え事をするのだって難しいでしょ？　何だか体調も悪いみたいだし、ゆっくり寝ないと」

栄二郎に言われ、瑠璃は黙って下を向く。

白の自死。次いで起こった妖たちとの決別は、思い出すたび深い愁いをもって瑠璃の胸を引き裂いていた。同時に思い知るのは己の不甲斐なさだ。あれからも飛雷と試行錯誤しながら斬り分けの修行を試みてはいるが、はかばかしい成果は上げられていない。これまで培ってきた経験すべてを結集させても突破口は見えず、自信は、搔き消えていく一方であった。

こんなに弱い心でどうして露葉を助けられるのか——そう己を鼓舞しても、鼓舞すればするほどに自信の火は細く、弱々しくなっていく。

——あいつらは、きっと塒には戻ってこない。

男衆の後ろを歩きながら、瑠璃は肩を落としていた。

妖たちとはこれまでにも何度となく喧嘩をした。きわどい言い争いをしたことも一度や二度ではない。しかし此度《こたび》の衝突はまったく次元を異にしていた。袂を分かつ発

端となったのが長助や白の「死」であることは、もはや言うまでもない。心

互いに酒を酌み交わし、与太話をして笑いあった日々は、二度と手に入らない。

安らぐあの団らんは過去のものとなってしまった。

――もう、前みたいな仲には戻れないんだ……。

胸がぎゅうと締めつけられたのと同時に、またしても下腹部が痛みを訴えた。

やれ月のものというのは何と煩わしいのだろう。昔であれば痛みもほとんどなく済んでいたのだが、女の体は歳とともに変わるものらしい。うんざりしつつも瑠璃は男衆の背をちらと見、腰元の黒蛇にひそひそ声で話しかける。

「飛雷、ちっとばかし締めつけを緩くしてくれねえか」

「ふぅむ。先刻からしきりに腹を気にしておるが、月のものとはそれほどまでに痛むのか？」

また勝手に心を読んだのか。瑠璃はむっと口を尖らせた。

「あんまりでかい声で言わないでくれよ」

「どうせ転生するなら男になっておけばよかったのにのう。まあお前のことじゃから、食いすぎで腹を壊したというのも一因なんじゃろ。この機に少しは摂生《せっせい》しろ」

「ほ、ほおぉ。そう言うお前はずいぶんと元気になったみてえだな？　一時はやたら

しおらしくなってたくせに、偉そうな物言いまで戻りやがってお天気屋め——」

「……瑠璃さん。お腹を下していたんですね」

黒蛇とやりあっていた瑠璃は思わずびくついた。

いつの間にやら錠吉が歩幅を狭め、一番後ろを歩く瑠璃に近づいていたのだ。

「権、少し休んでから行く。先に戻っててくれ」

権三と双子が怪訝そうにこちらを見返る。瑠璃の体調が思わしくないと察したのだろう、すぐに頷くと——もっとも栄二郎だけは、留まるべきか否か考えている風だったが——、三人は錠吉に瑠璃を任せ、再び帰路を歩いていった。

「ここの床几《しょうぎ》を借りるとしましょう。さあお座りなさい」

民家の軒先にあった床几を指し示すと、錠吉は瑠璃の体を支えながら自身も腰を下ろした。

「ごめんな錠さん、先に行ってもらってもよかったんだけど」

「構いませんよ。それで、お腹の具合は」

今しがたの会話をどこから聞かれていたのだろう。気まずい心持ちで言い渋る瑠璃に対し、

「食べすぎ、とのことですが」

「あ、ああうん、そんな感じかな。そんなことより錠さんは？　左腕、もう万全なのかい？」

「若干の痛みは残っていますが、概《おおむ》ね万全です」

どうやら「月のもの」という言葉は聞かれていなかったようだ。瑠璃は内心で胸を撫で下ろす。こればかりは男衆に相談したところで困らせてしまうだけだろう。

——おい飛雷、頼むから今は黙っててくれよ。

心の中で告げると黒蛇はつまらなそうにそっぽを向いた。

片や錠吉はどこか腑に落ちない顔つきだ。

「しかし食べすぎとは妙ですね。近頃は、前ほど食欲がないように見受けられたんですが」

「えっ、と」

「不調の一番の原因は心にあるのかもしれませんね」

錠吉は言った。現在、瑠璃の心をざわつかせる種々の悩み事が、五臓六腑にも悪影響を与えているのではないかと。

同志の弁にも一理あるような気がして、瑠璃は己の腹へと目を落とした。

「わっちはさ、今まで妖たちに元気をもらっていたんだ。どんなに憂鬱な出来事があっても、あいつらのほんわかとした姿を見てたら、自然と心も元気になってた。もちろん錠さんたちにもたくさん支えてもらってるけど――」

「わかりますよ。妖たちはあなたにとって友であり、最後の心の砦《とりで》でもあったんでしょう」

友らの笑顔を思い浮かべ、瑠璃はこく、と頷いた。

「……何だか、自信が持てなくなってきたんだ」

ひとたび忸怩《じくじ》たる思いを吐き出すと、言葉は止めどなくあふれてきた。

「こんなはずじゃなかったのにな。わっちはただ、生き鬼を救う手段を見つけるために京まで来たはずだったのに。いつの間にか錠さんたちや妖たちを巻きこんで、長助に閑馬先生、白まで死なせてしまった」

「それはあなたに非があるのではありません。すべて夢幻衆の仕業だ」

「ああ、だけどわっちがもっと強ければ、皆を守りきれるほど強かったら、誰も死なせずに済んだかもしれない。妖たちが愛想を尽かすのも当然さ。毎晩、考えちまうんだ。もし、露葉こそは救ってみせるときっちり断言してたら、あいつらは残ってくれたのかなって。でも……言えなかった」

「自信がないゆえに、ですね」

今は自信を失っている場合ではなかろう。めげずに前へ、前へと進む気概を持たねば何一つ解決できないままだ。そう自覚していても、挫けてしまった心を立て直すのは決して容易でない。

妖たちと物別れしてしまった現状では、なおのこと。

「守ると言っておきながら、わっちの方こそ妖たちに守ってもらってたんだ。あいつらは吉原にいた頃からいつだって、折れかかったわっちの心を支えてくれた。わっちの心を、救ってくれていたんだ」

哀しいかな妖との決別は、彼らの存在が己の中でいかに大きなものであったかを、まざまざと瑠璃に思い知らせたのだった。男衆が家族同然の存在ならば、妖は瑠璃にとっての友。友を失った侘しさや虚無感は、たとえ家族でも完全には埋められまい。

瑠璃は我知らず額を押さえた。

「もうさ、ここまで来ると神頼みでも何でもしたくなってくるよ。錠さんにこんなこと言ったら叱られちまうかもしれないけど、今は仏さまでも神さまでも誰でもいい、何かにすがりたくってたまらない……百瀬真言流に走った奴らのことをとやかく言えねえよな」

そう言って自嘲するように笑った瑠璃を、錠吉は叱るでもなく、真摯《しんし》な目で見つめていた。

「……神仏にすがりたいと思う気持ちは、人間なら誰でも持ちうる感情ですよ。生きている人間なら誰でも。生きているからこそ、人は悩み、苦しみ、神に祈る」

しかしながら、と説諭を加えるのも忘れない。

「ただ単に祈るばかりでは、目の前の問題から逃げているのと同じことです。それこそ百瀬真言流の信徒たちがいい例だ。快楽に溺れている瞬間は、ああして現実を忘れられる。菊丸の言うことに疑問を持たず過ごしていれば、少なくともあの瞬間、信徒たちは確かに幸せだったでしょうね。人は現実ではなく自分が信じたい幻想をこそ信じる生き物ですから」

けれどもそんな幸せは、あまりに脆すぎる。

あの信徒たちは今頃どうしているだろう。菊丸という導き手を失い、見まいとしていた現実に引きずり戻された彼らは、また別の神に祈りを捧げているのだろうか。そうして己の苦悩、ひいては己の人生から目を背け続けるのだろうか。

「神仏は、必ず悩める衆生を救ってくださいます。ただしそれは、その人が心から救いを求めていればの話。救いを求め、自ら行動する者にこそ、神や仏は救いの手を差し伸べてくださる。俺はそう、信じています」

「自ら行動する者に……か」

――ああ、そうだ。今のわっちは何かにすがることばかり考えて、自分で前に進もうとすることから、逃げてたのかもしれない。

そう気づくとわずかながら心の靄《もや》が晴れた。

僧侶として、何より同志として慮《おもんぱか》ってくれる錠吉の言葉がありがたかった。

「……実はさ、錠さん」

しばし言いよどんでから、瑠璃は改めて錠吉と視線をあわせる。このことは栄二郎以外の誰にも明かしていなかったが、やはり話しておきたい。

六道珍皇寺にて誰も撞《つ》いていない鐘の音を聞いたこと。井戸の底から忠以の声を聞いたことを話すと案の定、錠吉は表情を陰らせた。

「ですが瑠璃さん、忠以公は」

「もちろんわかってるよ。忠さんは死者。もう、この世にいない人だ。死者の声が聞こえるなんてありえない」

されればこそ京と黄泉国が繋がりかけているという仮説を立ててみたのだが、よくよく思い返せば一緒にいた栄二郎には鐘の音も、忠以の声も聞こえていなかった。

詰まるところ瑠璃は、死別から時が経った今もなお忠以を忘れられずにいるのだった。己にしか聞こえない、幻の声を聞いてしまうほどに。

　思い詰めた顔つきの瑠璃から視線を外し、錠吉は長い間黙りこんでいた。

「……あなたが忠以公を長年想っていることは知っています。敵対していた時も、死に別れてからもずっと気持ちが変わらないのだと。けれども瑠璃さん、一途であることは、必ずしも美徳ではありませんよ」

　ぐさり、と痛いところを突かれた気がした。

　先ほど倒した鬼女も、娘道成寺の清姫も然り。叶わぬ想いというのはいつかその者自身を蝕《むしば》むようになる。

「鬼の怨恨に恋情が最も多く絡んでいるのを知っているでしょう？　二度と会えない死者を想い続ければ、悪くすると心を病んでしまうかもしれない。俺の口から忘れろなどとは言えませんが、少し、立ち止まって考えた方がいい」

「じゃあ錠さんは、忘れることができたのか」

　錠吉は些か驚いたように眉を上げた。反対にこう返されるとは思ってもみなかったのだろう。

　かつて錠吉にも、愛した女がいた。綾《あや》という名の矢取女《やとりおんな》だ。二人は互いに心を寄せあってはいたが、錠吉は仏に一生を捧げる身。結局、綾は錠吉と結ばれることが叶わず、挙げ句の果てには矢取女を取り仕切っていたごろつきに殺されてしまった。そうして錠吉の目の前で、鬼と化してしまった。

「綾さんのことなら——」

錠吉の声が微かに揺れる。瑠璃は知っていた。常に実直で冷静な彼もまた、死に別れてしまった愛する人を、今も想っているのだと。

だが同志の湿った瞳に見えたのは、哀しみだけではなかった。

「俺にとって綾さんは、最初で最後の女《ひと》です。昔も今も、俺が愛しているのは綾さんだけだ。ですがそれは決して過去を引きずっているからではありません。俺が、僧侶として生き続けると決めたからです」

僧として、綾があの世で心安らかにいられるよう、この世から祈り続けよう。愛する人の記憶を胸に、生きていこう。錠吉はそう決心していたのだった。

「そっか……いかにも錠さんらしい考えだな」

瑠璃は表情を和らげた。

「でもさ錠さん。自分は僧侶だから一途なままでもいいだなんて、そりゃちっとずるくないか？　わっちには厳しいことを言ったくせにさ」

苦笑まじりに言う瑠璃の一方、錠吉も珍しく微笑みを浮かべていた。

「そうですね、確かにずるいかもしれません。もっとも、瑠璃さんに考えた方がいいと言ったのにはちゃんとした訳があるんですよ」

「何だい、訳って?」

間を置いた後、目をしばたたく瑠璃に向かい、錠吉はゆっくりと口を開く。

「瑠璃さん。あなたは……」

続けて告げられた言葉に、瑠璃の心の臓は大きく揺れた。

それは忠以を忘れられぬ「真の理由」を——自分自身すら気づいていなかった感情を、錠吉に言い当てられたからだった。

七

——まだか。まだ宗旦は、戻ってこないのか……。

塒の玄関先に出ていた瑠璃は、東の方角を急《せ》いた面持ちで見つめる。

妖の中で唯一残った宗旦狐にはとある頼み事をしてあった。妖狐はいかにも畏縮した様子で「そないなこと、おいらにはでけへん」と首を振っていたが、こちらの切羽詰まった顔を見てそのうち根負けしたらしく、渋々ながらに承諾してくれた。

が、彼は目当ての場所に向かったきりなかなか帰ってこない。それほど時間を要するものか。やはり宗旦には、重荷だったのだろうか——。

「瑠璃さん、まだそこで待ってるの？」

と、栄二郎が同じく玄関先に顔を出した。

「気持ちはわかるけど、もうこんな遅い時間になっちゃったしそろそろ寝よう。宗旦も明日にはきっと戻ってくるよ」

もうとする。

「うん、そうだな……」

栄二郎の言うとおりかもしれない。瑠璃は倦んだ吐息をこぼしつつ塒の中へ引っこ

だがその時、

「瑠璃はん、栄二郎はん、ただいまっ」

声は上方から聞こえてきた。

目を眇めれば、一人の青年が家々の屋根を飛び伝いながらこちらにやってくるではないか。金髪の青年は身のこなしも軽くひと息に屋根から飛び降りたかと思うと、ポンという音とともに変化してみせる。

「宗旦っ。よかった、何かあったんじゃないかって気を揉んでたんだよ」

狐の姿に戻った宗旦は、瑠璃を見上げてはにかんだ。

「遅なってごめんね。おいら、知らん人と話すのが苦手やさかい説得するんに時間がかかってもうて……しかも相手が相手やし……でもほら、ちゃんと返事をもらってきたんやで」

言うと宗旦は自身の背中を目で示す。

妖狐の背には黒塗りの筒が一つくくりつけられていた。筒の中央に刻まれた桐《きり》の紋

章。それを見るなり瑠璃と栄二郎は目をあわせた。

「おい皆、宗旦が戻ってきたぞっ」

筒を掲げ持ちながら居間に戻ると、他の男衆もにわかに色めき立った。

「でかしたな宗旦ッ」

「本当に、よくやってくれたぞ」

豊二郎と権三に撫でられて宗旦はこそばゆそうにしている。

「では、その筒の中にあるのは……」

神妙な顔をする錠吉に対し、瑠璃は頷いてみせた。

「ああ……御所からの文。帝からの、黒雲への返事だ」

蘆屋道満なる人物の委細《いさい》、ならびに四神相応の結界にまつわる新情報を得るため、どうにかして帝と接触したい。

その足掛かりとなったのは、

――宗旦に、天子さまへの遣いを頼みましょう。

という錠吉の発言であった。

錠吉の属する真言密教と稲荷信仰は、弘法大師《こうぼうだいし》の時代から友好的な関係を築いてきた。稲荷は密教を守る鎮守神としても祀られており、東密の僧は稲荷山の森林で修行をする、といった具合に両者は互いに歴史を共有しているらしい。

このたび錠吉が言及したのは、古くから続く「狐と禁裏《きんり》の縁《えにし》」であった。

稲荷大神である陀天は禁裏から正一位《しょういちい》という最高位の神階を授けられている。そして陀天の眷属《けんぞく》とみなされる狐たちには命婦《みょうぶ》、すなわち御所へ出入りすることのできる官位が宣旨《せんじ》されていた。これは平安時代、一人の女官が伏見稲荷に棲む老狐から神託を受けて関白の妻にまで上り詰められたことに感謝し、自らの官位を狐に譲ったのが由来だという。

狐たちは歴史の要所で帝や公家を救ってきた。三年前に起こった大火の際も然り、狐の一団が鎮火にあたっているのを目撃した者は少なくない。これらの事情も相まって帝は狐をまんざら無下にはできないはず、と錠吉は踏んだのだ。

こうして瑠璃は尻込みする宗旦に頼みこみ、帝への使者になってもらったのだった。むろん帝以外の誰にも見られぬように、と念押しして。

文には京の怪異が夢幻衆とその裏にいる蘆屋道満によるものだということ。黒雲がそれを追っているということ。そして帝がよもや怪異に関わってはいやしまいかと、ごく遠まわしに探る内容を記した。

その返事が、とうとう来たのである。

瑠璃は逸《はや》る気持ちを抑えつつ、筒内に丸まっていた長い文に目を通していく。

「おい瑠璃、早く教えてくれよ。天子さまは何て？」

豊二郎がそわそわとせっついてくる。

文の一枚目を読み終えた瑠璃は、ふう、と息を吐き出した。

「朗報っちゃ朗報だ。錠さんの言ったとおり、帝は蘆屋道満なんかじゃない。それどころか夢幻衆にも何ら関係していないみたいだよ。ただでさえ宮中の祭祀やら幕府とのいざこざやらで忙しいのに、他のことにかかずらっている暇なんぞあるはずないだろう——とまあ、そんなようなことが書いてある」

瑠璃の知る限り兼仁天皇は良くも悪くも、嘘をついたり猿芝居を打ったりするような人物ではない。

これを聞いた男衆は一様に安堵していた。

「はあぁ。そうかそうか、ならひと安心だぜ。なあ錠さんっ？」

「こちらとしてはできれば二度と、天子さまには関わりたくないからな」

「や……その言い方はさすがに失礼なんじゃ」

「どうしたんだ豊、忘れたのか？　誰のせいで死ぬ思いをして平将門公と戦う羽目になったのか。この際だから言うが、俺は今でも根に持っている」

「まァわかるんだけど、ほら、天子さまってやっぱ偉い人なんだしさ」

真顔で応じる錠吉に、うろたえる豊二郎。黒雲の五人の中で最も辛辣《しんらつ》な毒を吐くのは瑠璃でも豊二郎でもなく錠吉かもしれない。当の本人には毒を吐いている自覚すらないらしいが。

一方で瑠璃は再度、一枚目の文に視線を流す。

普段の兼仁天皇の字がいかなるものかは知らないが、文に書き殴られた字は明らかに彼の憤慨を表していた。いくら江戸での一件があったからと言ってまたも朕《ちん》を疑うとは何たる無礼、心外の極み、御所のある京を脅威に陥れてこちらに何の得があろうか、と文の向こうにわなわなロを震わせる顔が透けて見えるようだ。

「なあ宗旦、帝が返事を書いてる時、お前さんもそばにいたのか？」

「うんっ。なんや瑠璃さんからの文を読んでお顔が真っ赤っ赤になっとったけど、具合でも悪かったんかな？」

「あ、うん……そうかもな」

——こっちもかなり気を遣って書いたのに、そんな怒らなくても……。

何はともあれ帝も変わらず息災《そくさい》であるらしい。

気を取り直すと二枚目の文に目を通していく。が、読み進めるうち、瑠璃の眉間には深い皺が寄り始めた。

「どうしたんです？　何か気になることでも書いてありましたか」

権三が心配そうに問いかけてくる。

「……期待どおり、帝は平安京の結界について知見が深かったらしいな」

「すると四神相応の新たな情報が？」

「ほら、ここを読んでみてくれ。四神の結界にはこの――〝一切経《いっさいきょう》〟とかいう代物が不可欠だと書いてある」

一切経。

帝いわくそれは、四神の結界を聖なるものに保つための経典であるという。四神の力は強大であるがゆえ誰かに悪用される危険も孕《はら》んでいる。邪な思惑を持つ者がもし、四神の力を意のままに操ることができたなら、京を滅亡させることとて不可能ではあるまい。

四神は京を守る。そして一切経は、言うなれば「四神を守る」役割を果たすそうだ。今から千年前、平安京の造営に際し、時の帝は京の四方にある磐座《いわくら》に一切経を一つずつ埋めることで四神相応を完成させた。

「つまり結界は二重に張られていたのか」

「一切経……四神を守る経典……」

まさかという思いが頭を駆け巡る。表情を見るにどうやら男衆も、瑠璃と同じ答えに思い至ったらしかった。

「夢幻衆は、なぜかわっちらに裏四神を倒させようとしていた。手間暇かけて生み出した裏四神を。それはわっちらに、巻物を破壊させるため。裏四神の中にあったあの巻物こそが、一切経だったんだ」

京を守る四神を、さらに守る経典ともなればその堅固さも並でないはずだ。おそらく夢幻衆の力では一切経を破壊しきることができなかったのだろう。だから黒雲に目をつけた。黒雲が頭領、瑠璃の持つ「龍神の力」を利用せんとした。怪しげな術を使う彼らのことだ、瑠璃が龍神の力を有していることもつかんでいたに違いない。

要するに瑠璃は、知らぬ間に不死の手助けをさせられていたのである。

「夢幻衆が真に斬らせようとしていたのは妖鬼じゃなく一切経だったのか。一切経を破壊しないことには、奴らが四神の力をものにすることは、できないから」

と、いうことは。

不吉な予感がよぎっては発言をためらわせる。真相に近づいていく中で、塒には重い空気が漂い始めていた。

「裏四神は……妖鬼たちは夢幻衆にとって、わっちを呼び寄せるための〝撒《ま》き餌《え》〟に過ぎなかった……？」

考えたくもないことだが、それならすべて筋が通る。夢幻衆は瑠璃が妖を大切にしていることを知っていた。蟠雪が一条通《いちじようどおり》にて妖狩りを行い、より多くの妖を裏四神に取りこんだのも、裏四神を強化したかったというよりは瑠璃を、確実に呼び寄せるためだったに違いない。

友である妖が裏四神に取りこまれたと知れば、瑠璃はきっと助けにやってくる。そう考えて馴染みの妖を裏四神と融合させたのだろう。

瑠璃が、断じて京から逃げ出さないように。

必ず裏四神を、体内の一切経もろとも斬らせようとして――。

果たして夢幻衆、そして蘆屋道満は、妖を囮《おとり》に使ったのだった。不死という目的のために、罪もない妖たちの命を捨て駒にしたのだった。

道満が永遠の命を得んがために、長助も、白も、死んだ。

「……ッ」

沸き上がる激情に耐えきれず瑠璃は立ち上がった。帝からの文を握りしめたまま無言で外に飛び出していく。酷な事実を知って言葉も出ないのだろう、男衆も止めることはしなかった。

憤怒が胸を掻きまわす。

――許せねえ。

妖が、何をしたというのだろう。人間を愛する妖たちが、人間の手によって、人間の身勝手な欲望のために命尽きていく。かようなことをどうして許容できようか。

袖引き小僧は誰よりも優しかった。白猫は己が生を捨ててでも友を守った。彼らが死して、道満が永遠に生きるというのなら。

――そんな未来、わっちがこの手でぶっ潰してやる。

ぐしゃ、と左手の文を握りしめる。

すると塒から出てきた宗旦が、

「あんな、瑠璃はん……」

やはり息詰まるものを覚えているのだろう、妖狐は遠慮がちに瑠璃を見やった。

「こないな時に何やけど、実は天子さまからもう一通、文を預かっとるんや。瑠璃はんに渡してくれ、って」

言うと宗旦は義足に挟んであった小さな文をくわえた。

「もう一通。帝から、わっちへ？」

個人的に言いたいことでもあったのだろうか。

瑠璃は混沌とする思考を払うべくかぶりを振ると、妖狐の口から文を受け取った。


秋の夜長は憂鬱だ。

一切経という核心に迫る情報を得られたのはよいが、肝心である道満の実体については、未だ深い謎に覆われたままである。

配下の夢幻衆ばかり表に出させ、自らは一向に姿を見せようとしない。瑠璃たちに一切経を壊すよう仕向けておきながら、己の言葉で声明を発することすらしない。不死になるのは自身だけだというのに。そのせいで多くの命が失われたというのに。そんな道満の性根が、瑠璃には忌々しいものに思えてならなかった。

——夢幻衆は、どうして道満なんかのために命まで賭けてるんだ。

夜の静寂に包まれながら、瑠璃は物思いに沈んでいた。

飛雷は寝間の隅でとぐろを巻き、宗旦は疲れ果てているのだろう、布団の横で早くも眠りについている。帝への遣いという畏《おそ》れ多い大役を任されてしまったのだから、彼の疲弊は察するに余りあるだろう。

静けさばかりが漂う寝間にこれまでは寂しさを感じていた。友らがいなくなった寂しさだ。だが今晩は、さらに異なる感情が加わっていた。

憎しみにも似た、名状しがたき憤《いきどお》りである。

――夢幻衆にとって道満は、永遠の命を得るに値するほどの爺《じじい》だってか？

馬鹿馬鹿しい、と心の中で吐き捨てる。他者の命を粗末にして何の痛痒《つうよう》も感じない輩《やから》が、不死などという大それたものに値するとは到底思えない。

――そんな男を担ぎ上げてるんだから、夢幻衆の性根も知れるってモンさ……それにつけても腑に落ちねえ。蓮音たちは何であそこまで道満に心酔してるんだか。

いくら師と仰いでいても、その人物のためなら死んでもよいという発想はなかなか生まれまい。

蓮音たちはなぜ道満を慕い、あのような思想を持つに至ったのだろう。島原では生い立ちを隠していたらしいが、蓮音ら三兄妹は、一体「何者」なのだろう。

――そもそもの話、道満は何のために不死になりたいんだ？　何のために生き続ける？　何か、永遠の命を得なきゃ成し遂げられない目的でもあるのか……？

どれだけ考えを巡らせてみても、道満の腹の内などわかるはずがない。わかりたくもなかった。

瑠璃は倦み果てた嘆息をこぼして布団に潜りこもうとする。不意に、視線が枕元に置かれた文に留まった。

帝からの、自分宛ての文。一瞬ためらいつつも、重々しい心持ちで文を開く。

そこには帝本来の書体なのだろう、見るに流麗な字が並んでいた。

《今なお易々と禁裏を出ること能《あた》わぬ身なれば
朕の弔意も龍海院《りゅうかいいん》に届けるよう相頼む
亡き盟友、酒井雅楽頭《うたのかみ》忠以がため》

兼仁天皇もまた、死した忠以と知己《ちき》の仲であった。二人は手を組み、鳩飼《はとか》いに命を下して江戸城での決戦を引き起こした。

元とはいえ敵であった瑠璃に「頼む」と言うからには、もしかしたら帝は瑠璃と忠以が想いあっていたことを、忠以本人から聞いていたのかもしれない。龍海院は忠以の墓がある寺であった。

――ミズナ。俺はお前を、愛しとるからな。いつまでも。永遠に。

あの声はやはり幻だったのだろうか。それとも――。

瑠璃の口からは、もはやため息すらも出てこなかった。

明くる日。

トントン、と小気味よい音が階下から聞こえ、目を覚ます。

権三と豊二郎が朝餉の支度をしているのだろう。そう思いながら下におりてみるも、二人はおろか、錠吉と栄二郎の姿もない。

男衆の代わりにいたのは、

「……ひまり？」

台所で九条ねぎを刻んでいたひまりは振り返った。瑠璃が起きてきたと見るや目を煌めかせる。

「瑠璃姐さん。おはようございます」

「おはよ……って、栄二郎たちは？」

「もう出かけましたよ。何でも洛南の方に行くとかで」

あちゃあ、と瑠璃は頭を掻いた。

残る裏四神は一体のみ、洛南は巨椋池に現れた裏朱雀だ。蓮音もその近辺に潜んでいるに違いない。そう考えた瑠璃たちは、五人で巨椋池を調査しようと前日から話しあっていた。が、どうやらかなり寝過ごしてしまったらしい。

「うわァやっちまった――にしても、置いてくなんてあんまりじゃねえか。叩き起こしてくれりゃよかったのに」

「あたしも姐さんを呼びに行こうとしたんですけど、そしたら皆〝起こさないでやってほしい〟って言うものですから」

「……そっか」

男衆の考えは何となくわかる。おそらくは自分が心身ともに休息を必要としているだろうと憂慮してくれたのだ。

彼らの気持ちをありがたいと思うと同時に、不甲斐なさもこみ上げてきて瑠璃は唇を真一文字に結んだ。

「あらやだ姐さん、目が腫れてるわ。何かあったんですか？」

はっとして目元に手をやれば、確かに腫れぼったい。されどその原因をひまりに話すことは憚られた。

——夜ごと夢を見て泣いてるだなんて、子どもみてえなことは絶対に言えねえや。

「ここ数年、何だかむくみやすくなっちまってさ。そういう歳だからか、朝起きるといつも目が腫れちまってて……そんなことよりお前さん、何でまたここにいるんだ？」

「ふふ、東寺にこもりっきりっていうのも退屈ですからね。それに豊さんが言ってたんです。前の鬼退治で、姐さんがお腹を痛がってたって」

それは月経の痛みではなかったかとひまりは言い当ててみせた。同じ女であるひまりには、腹痛の原因もお見通しだったようだ。

「今日は根菜の粕汁《かすじる》を作りに来たんですよ。知ってました？　お月さまの痛みがひどくなっちゃう人は、常日頃から体を温めておくといいんですって」

「へえ、そいつは知らなかった」

「んもう、姐さんは自分の体に無頓着すぎますよ。冷えは女の体にとって大敵だから、人参や牛蒡《ごぼう》なんかの根菜をたっぷり摂っておかなくちゃ。豊さんや権三さんに作ってもらってもよかったんですけどね、訳を聞かれたら答えにくいし、姐さんと二人きりになれてよかった」

すらすら述べると、ひまりは破顔した。瑠璃もつられて目尻を和ませる。妹分の屈託ない笑みは、沈みきった心をいくばくか晴らしてくれるようであった。

ひまりには、すでに豊二郎を通して詳しい現況を伝えてある。黒雲が京で新たな敵と対峙していること。京が危険な状態にあること。だがひまりは頑として京から出たがらなかった。口で妻にかなわない豊二郎はどうにも強く出ることができず、一方で瑠璃も、やっとの思いで京に辿り着いた妹分に対し「帰れ」と突っぱねるのを忍びなく思っていた。こうして体調を案じてくれる姿を見てしまえばなおさらだ。

東寺には鬼や邪なものが入りこまぬよう、目に見えぬ結界が張られている。安徳がついているならひまりの身にも滅多なことは起こらないだろう。

——もう少しだけ、様子を見るか。江戸に帰るにも産婆《さんば》のお墨付きがなきゃ難しいだろうし、何よりひまりも、豊のそばにいたいだろうしな。

胸の中で独り言ちていると、

「妙満寺での鬼退治のこと、豊さんから聞きましたよ」

不意にひまりの面持ちが、いたわしげなものに変わった。

「鬼になった女子は好いていたお坊さまと添い遂げられなくて、自害してしまったんですってね」

「ああ……」

可哀相に、とひまりは声を湿らせていた。

くだんの坊主がもし、その場しのぎの嘘などついていなければ、女子は自害などしなかったかもしれないのに。下手に希望を持たせるのでなく「一緒になることはできない」「迷惑だ」とはっきり意思を示していたなら、たとえ酷であっても、女子は恋心を断ち切ることができたかもしれないのに――。

「そのお坊さま、相手を傷つけないようにと思って嘘を言ったのかもしれませんけど、それって建前なんじゃないかと思うんですよね。本音は自分が〝悪者〟になりたくなかっただけじゃないのかしら」

「……」

妹分の弁は、本人も意図せず瑠璃の胸を衝いていた。

視線をさまよわせる瑠璃を尻目に、ひまりは出来上がった根菜汁を椀に注いだ。

「よしっ、これでばっちり。さあ向こうで召し上がれ」

「あっ。待て、いいよ自分で運ぶから。段差につまずいたら危ねえだろ」

両手がふさがったまま居間に向かおうとするひまりから、瑠璃は大慌てで盆を取り上げる。するとひまりはきょとんとした後に微笑んだ。

「ありがとう瑠璃姐さん。この子のこと、気遣ってくれて」

彼女の腹部は、以前よりもふっくらと丸みを帯びていた。

——ここに新しい命があるなんて……何だか、不思議な感じだよな。

居間へ移動して生姜《しょうが》の利いた根菜汁をすすれば、体中にじんわりと熱が広がっていった。豊二郎とともに小料理屋を営むひまりは料理の腕前も確かである。

胸をも優しく温めてくれるような熱に、自然と瑠璃の口元は緩んだ。

「しかし情けないこった。他の時ならいざ知らず、大事な鬼退治の時に腹痛で動けなくなっちまうなんてさ。女の体ってな本当に面倒くさいよ」

と、ひまりは首をひねった。

「でも姐さん、お月さまがなかったら新しい命は生まれてきませんよ？」

「うーん。そりゃそうだけど」

ひまりの言い分はもっともだが、自分は子どもを欲しいと思ったことがないのだ。

そう伝えると、ひまりはしげしげと瑠璃の顔を眺めまわした。心を見透かされる気がして、瑠璃はわずかに顎《あご》を引く。

間を置いてひまりは何やら得心したように頷いた。

「今は欲しいと思ってなくても、いずれ心変わりするかもしれないじゃないですか。本当のことを言うと、あたしもややを持つことに気後れしてたんです。自分はちゃんと子どもを育てられるのかな、おっ母《か》さんになれるのかなって自信がなくて」

だがそれは杞憂《きゆう》だった。

「このお腹の中に自分とは違う命があるんだなあって実感したら、不思議な気持ちが湧いてきたんです。これが母心、ってものなのかも。だから姐さんにいつか子どもができたらきっと、同じ気持ちになりますよ」

「そう、かな」

母心。自分にさような感情が生まれる時が来るのだろうか。想像してみようにもうまくできない。

——ま、今の状況で想像できるわけもねえか……。

つと瑠璃は、何とはなしに聞いてみたくなった。

「なあひまり。もしも、もしもだぞ。お前さんが不死になれるとなったらどうする?」

「ええっ、あたしが不死に?」

いきおい目を丸くしたひまりであったが、瑠璃の顔つきから冗談の類ではないと感じ取ったのだろう、そのうち斜め上を仰いだ。

「そうだなあ。不死、永遠の命、かあ……。難しい質問ですけど、たぶん、いらないと思います」

「どうして？」

「だって不死になったら毎日を大切にしなくなっちゃいそうだし、豊さんや瑠璃姐さんがいてくれなくちゃ永遠に生きられるとしても寂しいだけだし……あ、でもいざ死ぬ直前になったら、心変わりしちゃうかもですけど」

慌てて言い足す妹分に、瑠璃はぷっと吹き出した。

いかにも人間くさく、かつ真っ当な答えではないか。これを夢幻衆や道満に聞かせたらどんな反応が返ってくることだろう。

「永遠の命なんかなくっても、この子がいれば、それでいいわ。この子があたしと豊さんが生きていたっていう証になってくれますから」

ひまりはそう言って愛おしげに自身の腹を撫でた。

――自分が生きていた、証、か。

人は誰しも、いずれは死ぬ定めにある。最後の時がいつ訪れるかはわからない。そうして死を見据えるからこそ、己が生きた証を残したいと思う――これは人間の不変的な本能であり、永遠の願いであるのかもしれなかった。

――わっちは生きてる間に、どんな証を残せるのかな……。

「あの、瑠璃姐さん」

「ん？」

いつしかひまりは一転して真剣な面差しになっていた。心配事でもあるのだろうかと瑠璃は片眉を上げる。

「今日ここに来たのはね、根菜汁を作るためと、あと今一つ、確かめたいことがあったからなんです」

「確かめたいこと？　何だい、言ってみな」

そう促してみるも、ひまりは若干まごついていた。何と切り出せばよいか迷っているように見える。

次いで彼女の口から飛び出したのは、

「気づいてましたか？　栄二郎さんが、今も瑠璃姐さんを想ってるってこと」

瑠璃はその場で固まった。よもやひまりにこの話題を出されるとは予想だにしていなかったからだ。

聞けばひまりは、栄二郎の恋心について夫の豊二郎から聞き及んでいたという。どうやら双子というものは離れて暮らすようになっても、互いの考えていることが何となくわかるらしい。

瑠璃の顔色が変わったのを見て、ひまりは答えを察したようだった。

「やっぱり、気づいてたんですね」

妹分に嘘はつけない。かといって安易に頷くこともできず、瑠璃は目を泳がせるばかりであった。

本心を明かせば、栄二郎の気持ちはずいぶん前からわかっていた。江戸を去ってからもずっと、自分に想いを寄せてくれていたのだと。一途な想いをありがたく思いながらも、どうしてよいか正解を見つけ出せず、曖昧にしたまま、今に至る。

「ああ違うんですよ、気づいてたからって姐さんを責める気なんかこれっぽっちもありません。栄二郎さんから改めて何か言われたわけでもないですよね？」

瑠璃は黙って首肯した。

――そう。栄が何も言わないのをいいことに、わっちはずっと、気づかないふりをしてたんだ。

妙満寺の一件にひまりが持論を述べた時、胸を衝かれたのはこのためであった。悪者になりたくないがため、女子にありもしない希望を持たせた僧侶。ともすれば自分は、それと似たような不誠実を働いているのではないか。

栄二郎の想いに気づいていながら行動を起こせずにいるのは――。

「これは女の勘ですけど、瑠璃姐さんも、ひょっとして栄二郎さんのことを好いているんじゃないですか？」

黒雲の同志としてではなく、一人の男として。

「………」

「さっきも時にあたししかいないのを見て〝栄二郎たちは？〟って聞いたでしょう。それで思ったんです。今の栄二郎さんは瑠璃姐さんにとって、特別な人なのかもしれないな、って」

答えたくとも、喉奥に言葉がつかえて出てこない。

――いつからだろう、栄といると、わっちはすごく……心の底から、安心できるようになったんだ。

彼が自分を今なお想ってくれていると気づいてからだろうか。それとも一つの傘に入りながら狐の嫁入りをともに見た、あの時からか。いつからこの気持ちを抱くようになったかは、振り返ってみてもわからない。

瑠璃は錠吉や権三、豊二郎にも確かな安心感を覚えていた。心強さやともにいる喜びを感じているのは間違いない。ただ栄二郎の場合は、そこに「何か」が上乗せされている気がした。

胸に芽生えたこの感情が何なのか、口に出すのを躊躇する自分がいる。言ってはならないと、押し留める自分がいる。

それはひとえに忠以への想いがあるからだった。

自ずと瑠璃は、胸の中にしまっていた錠吉の言葉を思い起こしていた。妙満寺からの帰り道、忠以に対する本当の心情を言い当てた、同志の言葉を――。

――瑠璃さん。あなたは……忠以公に悪いと思っているのではありませんか。忠以公の他に愛せる男がいないのではなく、他の男を愛してはいけないと、自らを戒《いまし》めているのではありませんか。

錠吉はこうも口にした。

――死者への罪悪感は、俺にも覚えがあります。自分ばかり生きていていいのかと。綾さんの死を、乗り越えてしまって本当にいいのだろうか。俺は決して幸せになってはいけない。綾さんはもう二度と浮世《うきよ》に戻ってこられないのだから、綾さんを喪った哀しみを、俺も生涯、背負い続けなければならないのだと……。けれど今はもう、そんなことを思ってはいません。

死者への罪悪感は、生者が前に進もうとする足を阻んでしまう。愛した人は果たしてそれを望んでいるだろうか。自分が死ぬまで悄然《しょうぜん》とした顔つきでいることを望むだろうか。

答えは否。綾は錠吉の不幸を望むような女ではなかった。

──瑠璃さん。自分のために、忠以公のためにも、罪悪感はお捨てなさい。負い目に感じるなどと、愛した人に対してこれほど失礼なことはないと思いませんか？　あなたはこうして生きている。生きて、幸せになることは、罪などではありません。

──あの時もわっちは、何も言葉が出てこなかった。

なぜなら瑠璃自身、忠以を想う気持ちがいつからか罪悪感に変わり、己の足枷《あしかせ》になっていたと、心の奥底で自覚していたからである。

「姐さん……」

瑠璃は伏せていた視線を上げる。

「あたしは姐さんが頑固だってことをよく知ってるし、姐さんの気持ちを尊重したいとも思ってます」

ひまりの面持ちは瑠璃の心に共感するかのごとく、切なさと愁いを含んでいた。

「だからこそ思うの。姐さんに〝人生の伴侶〟がいたらいいのにって。姐さんは十分に強いし、何事も自分の力で突き進んでいくことができる人だけど、一人で生きようとしがちな人ほど脆いところもあるでしょ。強い人ほど、一生をともにできるような伴侶が必要。心に想う人がいるならなおさら……ね」

瑠璃はこれまで誰かと所帯を持ったり子を授かったりといったことが、自分には縁のないことだろうと思っていた。そこには錠吉が言ったように忠以への負い目も確かにあった。

——本当のところ、わっちはどうしたいんだろう。

栄二郎のことをどのように思っているのか。自分は栄二郎とこの先、どのような関係でいたいのか。

彼への気持ちを思い定めるべき時が、とうとうやってきたのだ。

——縁のないことだなんて、何でそんな風に決めつけてたんだろうな。

長らく思い悩んでいた心に、淡い光が差しこんだ。光はやがて隅々にまで満ちていき、奥底に押しこめられていた本心を照らし出す。

——忠さんには、最後の最後まで〝好き〟って気持ちを伝えられなかった。だったらそのぶん、次こそは、言葉で想いを伝えよう。

新たな道が開けた気がした。その向こうにはきっと、まだ知らぬ喜びや幸せが待っている。

「ひまり、ありがとう。今後のこと……人生の伴侶を持つってこと、もっと真剣に考えてみるよ」

「本当にっ？」

妹分の顔に嬉しそうな笑みが広がる。瑠璃がひまりを妹のように思っているのと同様、ひまりもまた、瑠璃を本当の姉のように思ってくれているのだった。

二人の女子は見つめあい、やがてくすりと、どちらからともなく笑いあった。

されど平穏な時間は、そう長くは続かない。

「きゃああっ」

突然、裏庭の方へ顔を向けていたひまりが悲鳴を上げた。

ひまりを守らねば——瑠璃は反射的に立ち上がる。

果たして裏庭から縁側をのぼり現れたのは、一体の妖鬼であった。

「なぜここに……」

直ちに戦闘態勢に入る瑠璃をよそに、妖鬼はカクン、カクンとぎこちない様子で畳を這う。似た様相は以前にも見たことがあった。妖鬼は操られているのだ。

瑠璃とひまりが固唾《かたず》を呑む中、

「ウ、ウウジ、ジ、ジ」

と、妖鬼の口から声が漏れてきた。

「ウウ、ウ……宇治橋《うじばし》にいらっしゃいな、瑠璃さん」

この声は、蓮音だ。

「場所はわかる？　洛南は平等院《びょうどういん》の近くよ。待っとるから、あんたさんの探してはった、裏朱雀と一緒にね……イッショ、ニニ、ニ、ネ」

声がふつりと途絶えるや否や、妖鬼はあたかも押し潰されるように畳に突っ伏した。どうやら息絶えたらしい。後に残ったのは物々しい邪気だけだった。

——宇治橋。

たちまちにして、瑠璃の面差しを憤りが染めなしていく。

——そこに裏朱雀が、露葉がいるんだ。今度こそ、わっちは……。

が、顔を出したのは、憤りだけではない。

本当に、露葉を救うことができるのだろうか。

まだ斬り分けの修行も成功していない、今この状態で――。

不安を払拭できなかろうと、自信がなかろうと、瑠璃に用意された選択肢はたった一つ。蓮音の招集に応じることしかなかった。

八

《宇治川の　水沫《みなあわ》さかまき　行く水の　事かへらずぞ　思ひ染めてし》

鳳凰堂《ほうおうどう》を擁する平等院や、茶の産地としてことに有名な宇治。ここを流れる宇治川はかつて巨椋池とも繋がっていたという。中京ほどの賑やかさこそないが、瑞々《みずみず》しい茶畑に囲まれ、川霧にけむり、優美な落ち着きを漂わせるこの地は古くから物語の舞台や詩《うた》の題材にも選ばれてきた。

橋のたもとにある橋姫《はしひめ》の祠。橋姫は「鉄輪」の原型となった鬼女であり、彼女はまさにここ宇治川で鬼になったと伝えられる。

名うての歌人であった柿本人麻呂《かきのもとのひとまろ》は、宇治川の流れと恋心を重ねて見た。泡立ち逆巻きながら流れゆく宇治川の水が決して戻ってこないように、もう後には引けぬほど、あの人のことを深く愛してしまった、と。

美しき調べに表された恋心は、後にどのような結末を迎えたのだろう。今となっては誰も知らない――。

蕭殺《しょうさつ》たる秋風が、天空の雲を南から北へ流していく。

この日は霜月《しもつき》の朔日《さくじつ》。空に月はなく、雲の合間からのぞく星が弱い光を地上に注ぐのみだった。

「もうすぐだ。今行くから、待っててくれよ、露葉……」

折よく峠に戻ってきた男衆に事情を話した瑠璃は、彼らを引き連れてすぐさま洛南へと駆けた。

宇治の一帯を彩る木々の葉が、炎を思わせる赤や橙《だいだい》に色づいている。風に飛ばされ、くるくると宙を舞い、最後には川の流れに落ちていく。おびただしいほどの紅葉をたたえた宇治川は、さながら鮮やかな血を流しているかのようだった。

黒雲の五人はようよう目当ての地、宇治橋まで走り来た。西詰にある橋姫の祠を横目に過ぎる。息継ぎも荒く橋を渡っていくさなか、やがて人影が一つ、ぼんやりと前方に見えだした。

「……こんばんは、黒雲の皆さん。ここまでお越しいただいてはばかりさんどした」

峠に妖鬼を寄越してきた張本人、蓮音太夫は、橋の中央で黒雲を待ち構えていた。

真っ白な陰陽師の装束。唇には、夜目にもわかるほど赤い紅が艶めいている。

「あてを探して巨椋池まで行ってはったみたいやけど、ごめんね。あすこはどうにも辛気《しんき》臭《くさ》ァて嫌やさけ、こっちに移動してきたんよ。この紅葉に染まった宇治川を見てみなはれ、京らしい風流さやろ？」

「ほざけっ、お前の御託なんか聞きたくない。露葉はどこだ」

目を怒らせる瑠璃。無言で武器を構える男衆。見る見るうちに一触即発の空気が漂い始める。だが一方こちらの様相を見てとった蓮音は、落ち着き払った様子で笑みを浮かべた。

「おたくらが怒ってはる理由は、何となくわかるえ。あても驚いたもの。まさか妖が自死するなんてなァ」

ぴき、と瑠璃のこめかみに青筋が立った。

蓮音はさも気の毒そうに眉尻を下げているが、反面、この女に白の死を悼《いた》む気がないことなどわかりきっている。妖どころか身内の死にすら心を痛めないのだから。

「菊丸だってお前の兄貴だったんだろうが。蟠雪と菊丸、血を分けた兄貴が二人とも死んじまったってのに、よくそうやって笑ってられるな」

「あははっ。前にも言うたやん？　兄さんらの魂は道満さまの中で生き続ける。哀しむ必要なんてちぃともあらしまへん。それに菊丸兄さんも、お役目を全うしたんや。あの猫又が自ら死を選ぶとは予想外やったけど——」

「一切経さえ壊せたなら何でもいい、か？」

はた、と蓮音は瑠璃に目を据えた。

その口元から段々と笑みが薄れていく。

「……やらしい人。もう一切経のことまで突き止めたんかえ」

「お前ら夢幻衆はあえてわっちに裏四神をけしかけた。体内の一切経を斬らせるために。裏四神を——鬼や妖を、餌にして」

「そのとおり。もう隠しとってもしゃあないわね」

殺気立つ瑠璃に向かい、蓮音は喋々《ちょうちょう》とこれまでの行いを詳《つまび》らかにした。

裏四神の体内にあった巻物は、まさしく帝が文で言及した一切経そのものであった。京の東西南北に埋められたという四つの経典。敵方は長年かけてそれらの位置を探り当て、ついには四つすべてを掘り起こすことに成功したそうだ。が、一切経それ自体にも強力な守護結界が施されていたせいで、いかなる術を使おうとも破壊することはできなかった。

蓮音たちは考えた。守護結界が「聖」ならば、「邪」をもって打ち崩すことができるのではと。ゆえに濃厚な邪気を秘めた妖鬼、裏四神を作り出した。裏四神の体内に一切経を埋めこみ、邪気で侵していくという寸法だ。しかしこれは結局、失敗に終わってしまった。また裏四神と一切経が少なからず溶けあっていたことから、裏四神を死なせれば一切経も消滅させられると推したものの、これも失敗。なぜなら蓮音たちに従順な妖鬼にも己の身を守る本能が残っており、自害するよう命じてもさすがに聞かぬ上――それゆえ「白の自害」は夢幻衆にとっても驚きであり例外中の例外であったと言える――、術で殺そうにも骨が折れて仕方なかったからだ。

他に手立てはないものか。早く確実に一切経を塵《ちり》としてしまえるような、もっと強い力はないものか。そう手をこまねいていた折、まさに探し求めていた力が江戸からやってきた。

人智を超えた力を持つ者。他ならぬ、瑠璃である。

彼女の力をもってすれば一切経を斬ることとて不可能ではない。夢幻衆にとってはさらに幸運なことに、瑠璃は鬼や妖に、ひとかたならぬ情を寄せる女であった。苦労して妖鬼を作ったことは無駄にならなかったのだ。

「裏四神には感謝しとるえ、何しろ一切経とともに散る役割を果たしてくれたんやもの。あの厄介な経典さえ破壊されたなら、四神の力は完全に解き放たれて、あてらが自由に扱えるようになる。ほら見とうみ」

と、蓮音は空の向こうを指し示した。

順々に指差す先は、洛東の鴨川、洛北の船岡山、そして洛西の木嶋大路。いずれの場所にも巨柱が一本ずつそびえ立ち、得体の知れない気を漂わせている。

「あの禍ツ柱は解放された青龍、玄武、白虎の力そのものよ。邪気をまとっとるんは元々やなァて、あてらが術を施したからやけどね。瑠璃さん、あんたが裏四神ともども一切経を斬ってくれはったおかげで、ああして柱を起動させることができた。自害してくれた猫又にもお礼を言わなあかんわえ。おおきに、おおきに」

こちらに向かって一揖《いちゆう》してみせ、蓮音はニコ、と目を細めた。

――経緯はどうあれ一切経が消えれば禍ツ柱が起動するってわけか。やっぱりわっちは最初から、こいつらに利用されてたんだな。

とはいえ瑠璃は、夢幻衆に踊らされていたこと自体には特段の感慨を抱かなかった。それよりもっと重要なことがある。夢幻衆を断じて許すまじき、怒りがある。

瑠璃はまなじりを決して蓮音を睨み据える。左手にある黒刀の柄をぎりりと握りしめる。

「一切経がどうなろうが、蘆屋道満とやらが死のうが生きようが、今はどうだっていい。露葉を……裏朱雀を出せ」

対する蓮音も、こちらを冷徹な瞳で見据えていた。

「そう、覚悟できとるってことね。なら重畳《ちょうじょう》……なァんてね？」

おどけたように言うと一枚の紙札を取り出す。紙札には赤い呪印が描かれていた。

太夫の手から滑り落ちていく紙札。ひらり、ひらりと橋桁《はしげた》に落下したのと同時に、

「さァおいで裏朱雀。あんたに引導を渡してくれる人が来はったで」

蓮音は自身の六壬式盤をなぞる。

途端、紙札から火焔《かえん》が立ち起こった。瑠璃たちは咄嗟に腕をかざす。火焔は風を巻きこみながら、より大きく、激しくなっていく。

やがて炎の中から生まれ出でた裏朱雀の容貌は、瑠璃の背筋を凍らせた。

一見すると輪郭はまさしく朱雀――美しき鳳凰であると言えよう。だがつぶさに見ると裏朱雀の胴体は、

「……露葉……っ」

異形と変えられた友、山姥の姿がそこにあった。

火焔をまとった露葉の背からは、漆黒の翼が生えている。腰から伸びる孔雀《くじゃく》のごとき尾羽もまた漆黒だ。辛うじて露葉の原型を留めてはいるが、巨大な両翼と尾羽をた

たえた姿は、魔性であると言わざるを得ない。

露葉の顔は生気を失っていた。まるで何かに命を吸われているかのようだ。

原因を悟るには、そう時間はかからなかった。

「あの翼って――」

豊二郎が声を引きつらせる。

炎に揺らめく黒い翼と尾羽。それは幾重にも折り重なった、鬼の腕であった。

つっと、露葉は虚ろな目を友に向ける。

「る、り」

今にも消え入りそうな声が、瑠璃の心の臓を揺るがした。

「助けて……瑠璃……」

それを最後に、露葉は目を閉じた。

瞬間、裏朱雀は翼をはためかせた。須臾《しゅゆ》にして上空へと舞い上がる。羽ばたきが熱風となって黒雲の五人を襲う。

上空にて狙いを定めるや否や、裏朱雀は高速で下降してきた。

「皆よけろっ」

瑠璃たちは橋の両側に跳ぶ。開けた中間を滑空する裏朱雀。熱風を巻き起こしながら橋の上を通り過ぎる。翼と化した鬼の爪が、瑠璃たちの脇を掠めていく。

裏朱雀は身をひねる。またもや上空へと飛ぶ。風を切りながら橋に迫る。

体当たりを回避しようとした五人に向かい、右の翼をバサリとしならせてみせた。

「いけない――」

危険を察した権三が同志の前に飛び出す。翼が起こした熱波は、権三の大柄な体をいとも簡単に吹き飛ばしてしまった。

「権っ」

錠吉が辛くも権三の体を受け止める。片や権三は痛みに喘ぐ。

見れば彼の肌は、赤く爛《ただ》れかけていた。

「おい権、しっかりしろっ」

「あの熱波を食らっては駄目だ……直に食らえば、火傷《やけど》してしまう」

権三が苦しげに漏らした矢先、上空から、甲高い鳥の地鳴きが響いた。

瑠璃たちは一斉に上を見仰ぐ。裏朱雀が再び体勢を整え、橋へ降下せんとしていた。鬼の爪をかわせてもあの羽ばたきを防ぎきることは困難だ。火傷を危惧しながらでは反撃にも転じられまい。

瑠璃は双子へと目を転じた。

「全員に結界を張ってくれ。熱波から身を守るんだ」

豊二郎と栄二郎はすぐさま黒扇子を開いた。経文を諳んじていく。すると瑠璃たちそれぞれの体を包むようにして、球状の結界が織り成された。

「よし、できたぞっ」

「これで少なくとも火傷は防げる」

双子の力強い言葉に瑠璃は頷く。滑空してくる裏朱雀。激しく翼をはためかせる。高熱を帯びた風が繰り出される。しかし熱波はもはや瑠璃たちの脅威ではなかった。熱さこそ感じるものの、結界があるおかげで耐えられぬほどではない。

ところが黒雲を苛む問題は、熱波だけに止まらなかった。

一気に下降したかと思いきや、裏朱雀は栄二郎に狙いを定めさらに速度を増す。栄二郎は黒扇子を弓に変えて掲げ持つ。

衝突する翼と弓。が、人間ひとりの力では到底かなわない。圧し負けた栄二郎の体は宙に浮いた。

「栄——」

瑠璃は駆けた。弾かれた栄二郎の体は今にも欄干《らんかん》を飛び越えようとしている。橋から落ちれば下は急流の川だ。飛雷の柄を口にくわえると、瑠璃はありったけの力で隻腕を伸ばす。

左手は、すんでのところで栄二郎の腕を捉えた。

だがその時、

「頭、後ろだっ」

豊二郎の怒声。瑠璃は首だけで後方を見返る。

裏朱雀がこちらを目指し突進してくる瞬間であった。

欄干に身を乗り出した体勢ではよけられない。唯一の腕である左腕は栄二郎をつかむためにふさがっている。

「俺はいいから手を離してっ」

——馬鹿言え、離すわけねえだろ……。

見る間に迫ってくる黒翼——つう、と瑠璃の首筋に冷や汗が伝う。

と、次の瞬間、裏朱雀の悲鳴が耳をつんざいた。横から繰り出された錠吉と権三の法具が裏朱雀を打ったのだ。

「今のうちに、早くっ」

助かった——瑠璃は歯で飛雷の柄を噛みしめつつ、栄二郎の体をどうにか欄干へと引きずり上げた。

一方、橋桁の上で裏朱雀は体を起こす。ゆっくりと、こちらへ視線をくれる。開かれたその瞳はもはや露葉のものではなかった。黒く落ち窪んだ眼《まなこ》。忌々しげに瑠璃を睥睨《へいげい》する目は、明らかに、鬼の目であった。

――露葉……もう意識が、鬼の怨念に呑まれちまったか。

歯を打ち鳴らしたかと思いきや、裏朱雀は橋桁を蹴って飛び上がる。すると双子が前に進み出た。

「防御ばっかしてらんねえっ」

豊二郎が矢をつがえる。

「……堪忍して、露葉さん」

同じく弦《つる》を引き絞る栄二郎の面持ちには、焦りと迷いが交差していた。

放たれた矢は夜闇を滑る。そして裏朱雀の肩を射た、かに思えたのだが。

めらめらと、裏朱雀の体から火焔が迸《ほとばし》った。激しい業火はあっという間に矢を呑みこみ、跡形もなく燃やし尽くしてしまった。

「俺たちの矢が、効かないなんて」

愕然とする双子に対し、裏朱雀はまたも下降する仕草を見せた。

瑠璃は黒刀に呼びかける。

「飛雷、大蛇になれ。狙いは――わかってるな」

「むろんじゃ」

上空より襲い来る裏朱雀。瑠璃は身を翻す。放物線を描くように、黒刀を勢いよく上に振る。しかし狙いは、裏朱雀ではなかった。

黒刀の刃が大蛇へと変わる。身をくねらせ、橋の東岸へと伸長していく。

そこには欄干に腰掛けながら事を眺めていた、蓮音の姿があった。

「あてを狙って――」

蓮音の目に狼狽の色が浮かぶ。だがそれは一瞬のこと、蓮音は口の片端で笑うや、

「カチ、カチ」と歯を鳴らしてみせた。

結果、大蛇の牙は蓮音を捉えることができなかった。

合図に呼応した裏朱雀が直ちに方向を変え、己が身を挺《てい》して蓮音を守ったのだ。大蛇が嚙みついたのは蓮音ではなく、裏朱雀の翼であった。

「ギャアアアッ」

痛ましい鳥の声がこだまする。と同時に聞こえてきたのは、

――お願い、瑠璃……やめ、て……。

「露葉っ」

山姥の意識が辛うじて残っているのだ。瑠璃は急いで飛雷に戻るよう告げた。

「ふふ、おかげさんで斬られんで済んだわ。ありがとなァ裏朱雀」

当の蓮音は欄干に腰掛けたまま、足を組み、泰然と頬杖をついていた。

「ええよ瑠璃さん、また仕掛けてごらんなさいな。あては逃げも隠れもせえへん。裏朱雀があての代わりに攻撃を受けてくれるさかい」

「てめえ、蓮音……」

蓮音さえ倒せたなら、露葉を夢幻衆の呪縛から逃がしてやれる。先の戦いでは裏白虎が暴走するとは思わず後れを取ってしまったが、今度は大蛇を巻きつかせてでも体を押さえよう。鬼の怨念を切り離す手段は追って考えればいい——そう算段していたのだが、どうやら蓮音はこの策を逆手に取って、自身に向けられる斬撃を裏朱雀に当てさせたいらしい。

「ねえ瑠璃さん。あんた全然、本気を出してへんな?」

この言に瑠璃は唇を噛んだ。

「なぜ? このままやとおたくら全員、裏朱雀にいたぶられてお陀仏《だぶつ》やえ?」

「……友を斬りたくはない」

すると蓮音はこらえきれぬとでもいうように笑いだした。

「アッホらし、この山姥が友だちやて？　あんたがそない生温《なまぬる》いことを言う女やとはねえ。妖なんてしょせん一部の人間にしか見えへん存在。いてもいなァても同じなんやから、さっさと斬ってしまえばええのに」

せせら笑う声は、瑠璃の心に荒波を立てた。

この女にとって妖は路傍の石も同じらしい。たとえ彼らに「命」があると、知っていても。

「はーあ。ま、友だちでも何でもかめへんわ。斬れへんのなら、斬るように仕向けたるまで」

言うなり蓮音は裏朱雀に命を下した。

裏朱雀は空へと飛び立つ。翼を畳むや急降下する。瑠璃たちに向かって突進する。漆黒の翼を振るう。熱波を起こし五人の体を吹き飛ばす。その速度と凄まじさは先ほどの比ではない。対する瑠璃たちはほとんど攻勢に転じられないままだ。

夢幻衆の中で最も強いと豪語していた蓮音だが、どうもはったりではなかったようだ。それが証拠に、蓮音が操る裏朱雀の膂力は今までで群を抜いていた。

「くそ、何か手立ては」

瑠璃は裏朱雀の猛攻をかわしつつ、四方に視線を走らせた。

空から一方的に攻撃されたのでは分が悪すぎる。おまけに橋の上では防御するにも身動きが取りづらい。

「皆、橋を渡りきれっ。開けた場所に移動するんだ」

号令をかけるも、すかさず裏朱雀が飛んできて行く手を遮ってしまった。これも蓮音の命令だろう。

「あの女……」

蓮音の意図はわかっている。瑠璃を圧倒的に不利な状況に追いこむことによって、龍神の本領を発揮させようとしているのだ。

――これじゃ埒《らち》が明かねえ……。

「兄さんっ」

「ああ、せめて俺らは本気を出さねえとな」

この窮地を打破してくれたのは、豊二郎と栄二郎だった。

双子はすでに弓矢を黒扇子に戻していた。細い矢では裏朱雀の炎に太刀打ちできないと判断したのだろう。鎖の結界で縛り止めようにも、相手の動きが速すぎてかなわない。ならばどうするか――兄弟は互いに頷きあった。

「おい栄、ちゃんと同じ想像してるよな？」

「もちろん」

二人は空からの攻撃を掻いくぐりながら、新たに経文を唱え始めた。橋の上に白い光が満ちていく。その様子に瑠璃は目を瞠った。

双子が発現させたのは鎖の結界であった。しかし裏朱雀を縛るためではない。欄干から幾本も伸び出た鎖は、糸を縒《よ》りあわせるかのごとく紡がれ、次から次へと空中に階段を作っていく。

そうして出来上がったのは、橋の両側から張り出した扇状の足場であった。

「これなら少しは動きやすくなるだろ？」

豊二郎がこちらに眼差しを向ける。瑠璃も双子に頷き返した。

「恩に着るよお前たち。錠さん、権さん、行くぞっ」

瑠璃は欄干に飛び乗った。錠吉と権三は反対側の欄干に足をかける。鎖でできた階段を駆け上がり、上空の裏朱雀へと距離を詰めていく。

三人は同時に階段を蹴った。三方向から攻撃を仕掛ける。錠吉は錫杖を突き出す。権三は金剛杵を振りまわす。法具はそれぞれ不意を突かれた裏朱雀の両翼に命中した。裏朱雀は空中で叫び、身悶えする。

片や瑠璃は飛雷を握り直した。裏朱雀の尾羽をめがけて横に振るう。

しかしながら、

「瑠璃、なぜ刃を当てぬのじゃっ」

黒刀から叱責が飛ぶも、瑠璃は峰での攻撃をやめない。ダン、と橋桁に着地するが早いか再び鎖の階段を駆けのぼっていく。

錠吉と権三の持つ法具は今や金色《こんじき》の光を発していた。すでに真言を唱え、法具を強化していたのだ。二人の打撃は効果あり、裏朱雀は痛みに耐えかねるように翼をばたつかせている。

むろん、二人とて露葉を痛めつけたくなどないだろう。だが半端な力では裏朱雀の動きを止められない。気を遣って本気を出さぬままではこちらがやられる一方だ。錠吉と権三の考えを、瑠璃もとくと理解していた。

そう頭ではわかっていても、やはり、

――斬れない……。

峰での攻撃を続けながら、心は逡巡を繰り返していた。

鬼の腕でできた両翼と尾羽さえ斬り離せば、露葉を救えると思っていた。されど蓮音の代わりに翼で大蛇の牙を受けた時、露葉自身が「やめて」と訴えを発した。

つまりは白の時と同じように、露葉は裏朱雀の核となり、鬼とほとんど一体化してしまっているのだ。

——鬼の腕をすべて斬り離したが最後、おそらくは……核になってる露葉まで一緒に、息絶えちまう。

脳裏にちらつくのは袖引き小僧の最期。そして猫又の自死であった。

——もう、うんざりなんだ。あんな気持ちになるのは……。

「何しとるんや、早《は》よ斬りよしっ」

蓮音の苛立った声がする。

瑠璃は無視して階段を駆けた。右からやってきた裏朱雀の翼をかわす。鬼の爪が頬を掠め、血が流れだした。踵を返し、階段から跳躍する。空中で身をひねる。裏朱雀の翼を見据えると飛雷を——黒刀の、峰を振る。

「……駄目か」

黒い翼が鬱陶《うっとう》しそうに震える。案の定、峰打ちだけでは痒《かゆ》み程度の効果しかもたらすことができないらしい。

さりとて鬼と鬼以外を斬り分ける術が見つからぬ以上、他に何ができようか。全力を出せば裏朱雀を斬って捨てることも可能だろう。蓮音もそれを期待しているのだから。が、ごく微かとはいえ露葉にはまだ意識がある。まだ、生きているのだ。

——助けられる可能性があるのに斬るなんて、できるはずねえだろ。

瑠璃は焦りを募らせていた。

橋桁へと落下しつつ、同志たちに目を配る。

錠吉と権三は幾度も階段を上がり、錫杖と金剛杵をもって攻勢を強めていた。豊二郎と栄二郎は橋桁に留まり、黒扇子を開いて球状の結界と鎖の結界、二つの結界の維持に注力している。だが四人の顔には疲弊が見えた。熱風に体力を殺《そ》がれ、敏捷な裏朱雀の動きに対応する中で、限界に近づいているのだ。

——このままじゃ、皆が……。

一体どうすればよいというのだろう。裏朱雀を斬れば露葉が死ぬ。斬らずにいれば男衆はやがて限界を迎え、裏朱雀の餌食となる。

友と同志、どちらを取るか。

大切な二つを秤《はかり》にかけることは、たとえ天地がひっくり返ろうとも、瑠璃にはできなかった。

「なれば我の雷を使え」

こう飛雷に言われ、瑠璃は首を振った。

「それも駄目だ。露葉は雷に耐えられない」

「決めろ瑠璃、全員が共倒れになってもよいのかっ」

「いいわけねえだろっ。わっちだってわかってる、このままじゃいけねえってことくらい。でも、だからって露葉を殺すなんてこと……」

友を殺すなどということは、自分には、断じてできない。

瑠璃は煩悶《はんもん》に顔を歪めた。

とその時、

「ええ加減にせえ、いつまでぐだぐだやっとるんやっ」

橋の向こう側から怒気を孕んだ声がした。

蓮音が欄干から下り、般若《はんにゃ》のごとき形相でこちらをねめつけている。裏朱雀を斬るのでなくあくまでも救おうとする瑠璃にいよいよ業を煮やしたらしい。

それまで保たれていた太夫の微笑は、いつしか完全に剝《は》がれ落ちていた。

「いつになったら本気を出すんや、ええっ？　峰打ちばっかで苛々させよる。あんたの力はそんなモンか、左手に持っとるそれはなまくらかっ」

怒りを爆発させるが早いか、蓮音は右手の人差し指と中指で手刀を作った。

「さすがのあても堪忍袋の緒が切れたわ。あんたがどうしても本気を出したァない言うんやったら、奥の手を使うまで」

素早く手刀で九字を切る。同時に、薄く開いた唇から怪しげな呪文が流れだした。

《律令律令、天を我が父と為し、地を我が母と為す。天逢、天内、天衝、天輔、天禽、天心、天柱、天任、天英。北斗の威徳をもってかの敵を滅殺せん。急急如律令》

すると何もない宙空に、縦四本、横五本の「四縦五横印」が赤く浮かび上がった。

とん、と蓮音は手刀で印に触れる。

それはまさに一瞬のことだった。

赤い四縦五横印が迫り来る。

突然のことに反応が遅れる瑠璃。が、印はなぜか瑠璃の横を通り過ぎたかと思うと、背後にいた双子――栄二郎の体を、すう、と通り抜けた。

「え……」

束の間、不思議な沈黙が流れた。同じく橋桁に下りていた錠吉も権三も足を止め、固唾を呑んでいる。

一体、何が起こったのか。今の印は何なのか。

当の栄二郎も困惑に瞳を震わせ、凍りつくばかりだった。瞬きを一つ、二つする。

しかし何も起こらない。

「おい、栄――」

と、豊二郎が弟に触れようとした時だった。

ごぼ、と栄二郎の口から塊《かたまり》のごとき血があふれた。次いで全身から血が噴き出す。言葉を発することもできぬまま、青年は、その場に倒れ伏した。

宇治橋の空気が一変した。

「栄二郎……っ」

弟の体を抱き起こす豊二郎。錠吉と権三は蓮音を見返る。

「貴様、栄に何をしたっ」

「おたくらの頭領さんが本気を出してくれへんさけ、ちょいとお尻に火ィをつけたろう思ってね。なァ瑠璃さん、どうしても裏朱雀を斬らへん言うんやったら、次は誰に呪術をかけたろか。そこの綺麗なお坊さん？　たくましいお体の殿方？　それとも、もう一人の双子さん？」

蓮音はニヤニヤと薄ら笑いを浮かべて瑠璃に語りかける。

だが瑠璃は、蓮音の声を聞いていなかった。

無言のまま、視線はただ一点、倒れた栄二郎にのみ注がれていた。

「嘘だろ栄……おい、返事しろよ。なあ栄、栄二郎っ」

栄二郎の体から流れ続ける鮮血が、橋桁へと染みこんでいく。兄が大声で名を呼ぼうとも、栄二郎はひと言も喋らない。ぴくりとも動かない。胸が上下している気配もなく――瞳も口も閉ざしたまま、温かな血ばかりが流れ出ていく。

不意に五人の体を覆っていた球状の結界、そして足場となっていた鎖の結界が、ふっと掻き消えた。

豊二郎と栄二郎、二人で張った結界が消失した。と、いうことは。

「……………」

瑠璃の顔からは表情が失せていた。

何ゆえ、こんなにも暗いのだろう。まるで目の前から星明かりさえも失われてしまったようだ。視界が、夜の黒い闇に閉ざされていく。足先から、指先から、少しずつ力が抜けていく。

止まった思考の中で、記憶の断片が怒濤《どとう》のごとく流れていった。

――約束だよ瑠璃さん、困ったことがあったら必ず俺たちを頼ってね。どこであっても何があっても、すぐに駆けつけるから。

――俺たちの生活を心配してくれたのは嬉しいけど、もっと自分の心配もしてよ。瑠璃さんの身に何かあったらと思うと俺……生きた心地がしなかったんだから。

――栄二郎の気持ちって、今後のお前さんを支えるものになるんじゃないかしら。せっかちなお前さんとのんびりした栄二郎……なかなかどうして、ぴったりだとあたしは思うんだけどね。

――俺も兄さんも、錠さんも権さんも皆、瑠璃さんを独りにしたくないんだ。それに、瑠璃さんは俺にとって大切な――。

――瑠璃姐さんも、ひょっとして栄二郎さんのことを好いているんじゃないですか？

透明な宇治川の水面《みなも》に、ぽた、と真っ赤な雫《しずく》が落ちた。

「えい、じ、ろ」

心の中に渦が巻く。ぐるぐる、ぐるぐると巡る想念。この感情は何だろう。わからない。ぐるぐる、ぐるぐると強くなり、ぐるぐる、ぐるぐると赤くなり——。

「いかん瑠璃っ。何を考えておるのじゃ、正気になれッ」

もはや飛雷の声すらも耳に入らない。

瑠璃は瞬きもせず、彼の変わり果てた姿を見つめる。

——なあ栄。江戸にいた頃も、京に来てからもずっと、わからないでいるんだ。生きたまま鬼になるほどの恨みって、哀しみって、どんなものなんだろうな。

その瞳からは、いつしか真っ赤な、血の涙が流れていた。

九

「瑠璃さん……？」

男衆の中でいち早く異変に気づいたのは錠吉であった。

頭領の姿に目をやった錠吉は、途端、声を失う。

瑠璃は棒立ちになり身じろぎもしない。視線をひたすらまっすぐ、栄二郎に注いだまま。

彼女の双眸《そうぼう》は次第に、赤い渦を巻き始めていた。

「そんな、まさか――」

ギギ、ギ、と瑠璃の左手が不自然に震えだす。華奢《きゃしゃ》な指先から爪が長く、鋭く伸びていく。

「お前たち、瑠璃を正気に戻せっ」

左手にある黒刀から、飛雷の声が聞こえてきた。

豊二郎は動かなくなった弟の体を抱えて茫然自失としている。一方、緊迫した声色にようやく権三も異変を察した。

「ぐずぐずしとらんで早うせんかっ。今は殴ってでも構わん、最悪、怪我させようが気絶させようがやむを得ん。さもなくば瑠璃は……」

飛雷が言い終わるより先に、ふと、瑠璃の口が開いた。

刹那、宇治橋の上を猛烈な暴風が襲った。錠吉と権三は為す術なく吹き飛ばされ、橋桁に身を打ちつける。瑠璃の体から同心円状に発せられる衝撃波。それは龍神、蒼流《そうりゅう》の司る風とは毛色が違っていた。

喘ぎつつ視線を転じれば、事の発端である蓮音までもが橋の上でうずくまっているではないか。風の渦に巻きこまれたのだろう、上空にいた裏朱雀は橋に落下し、翼で己が身を守ることしかできない。

「まさか、これは」

一同の心と体を、禍々《まがまが》しい瘴気《しょうき》が蝕んでいく。あたかも脳を掻きまわすかのような瘴気。哀しみと憎しみのこもった情念が、抗《あらが》いようもなく胸中に吹きすさぶ。

錠吉と権三は、この瘴気が何なのかを知っていた。今さら間違えようはずもない。

黒雲の戦闘員として、嫌というほど似た感覚を味わってきたのだ。

「……鬼哭……」

漠とした絶望感が二人の胸を覆った。

果たして瑠璃は、栄二郎を喪った衝動から鬼になろうとしているのだった。ただの鬼ではない。より強大で、何者をも寄せつけぬほどの呪力を持つ、生き鬼に。

「栄、ジロ、ウ……わっチ、の……ナゼ死、んダ」

途切れ途切れの声が鬼哭にまじる。

赤い涙を流す瞳が、ゆっくりと、蓮音に留まった。

「お前ガ、殺しタ」

突如、瑠璃は錠吉たちの前から姿を消した。瞬時にして蓮音の眼前へ移動するや、飛雷を振りかざす。

「な──」

蓮音の目に焦燥が差した。咄嗟に歯を鳴らし、裏朱雀に合図する。蓮音の前に躍り出た裏朱雀は斬撃を翼で受け止めようとする。片や瑠璃はためらう素振りもなく翼の一部──鬼の腕を、ざんと斬り捨てた。

翼から黒い血しぶきが舞う。ひきつれた叫びが上がる。蓮音を庇う化鳥《けちょう》を疎ましく思ったのか、瑠璃は足を踏み出した。黒刀を返すが早いか裏朱雀にもうひと太刀を浴びせんとする。

今の今まで露葉を救わんがため、峰打ちしかしていなかったのに。頑ななまでに刃で斬ることを拒み続けていたのに、今の有り様はどうだ。

錠吉と権三は見る見る青ざめた。

「いけやせん、目を覚ましてくださいっ」

突き動かされるように権三が駆けだす。錠吉もすぐさま後に続く。

「わかっているでしょう、今この状態で露葉を斬ればどうなるか——後悔したいのですか、瑠璃さんっ」

しかし瑠璃には同志の声が届いていなかった。

命の危機を察したのだろう、たまらず空へ逃げようとする裏朱雀。瑠璃はその尾羽に刃の切っ先を引っかける。裏朱雀の体を橋桁に縫い止める。尾羽となっていた鬼の腕がまた一つ、斬り落とされた。

「あんた、何で急に……」

この猛攻を目の当たりにした蓮音は見るからに動揺していた。おそらく栄二郎を呪術の対象としたことに深い意味はなかったのだろう。単に瑠璃の心を刺激せんとして、たまさか目についた男衆の一人を選んだだけに違いない。その選択が、よもやこれほどの事態を招こうとは思わずに。

今しがたの呪禁は術者本人にとっても大きな負担を伴うものであったらしく、息が上がっているのが見てとれる。とはいえ瑠璃の生き鬼化は、蓮音にとってはある意味で幸運な出来事であった。

「……そう、そうや、もっとやりぃ。その調子で裏朱雀を、一切経を斬ってまえっ。そしたらあての目的は、達成される」

今、ひとまずは――そう付け加えた蓮音の顔には、何やら迷いの色も見てとれた。

瑠璃が体勢を整える。一瞬の隙を突き、裏朱雀は空へと逃げる。激しく翼をばたつかせながら、遥か上方へと飛び上がっていく。たとえ足場の結界が維持されていたところで、あれほど上に逃げられては追撃は不可能だろう。だが、今の瑠璃には足場の有無など些末《さまつ》なことであった。

ひらりと欄干に飛び乗る。わずかに膝を曲げるや、欄干を蹴り高々と跳躍する。

その高さを見上げた錠吉と権三は驚愕した。

瑠璃は高さ一町半もあろうかという距離をひと息に跳び、裏朱雀を間近に捉えていた。いくら龍神の宿世といえども、彼女の本質はあくまで人間のはずだ。

されどあの動き、電光石火の素早さは、もはや完全に人間の域を超越している。

「本来持っていた膂力が、増大しているのか――」

独り言ちると同時に、錠吉は悟っていた。

今の瑠璃を突き動かしているのは生き鬼の「呪いの力」であると。膂力の増大はすなわち、瑠璃が「人ならざる者」に変わりゆく証だということを。

上空にて、瑠璃は黒刀を構える。対する裏朱雀は片翼を翻す。羽ばたきが熱波を繰り出す。直後、瑠璃の体から再び鬼哭が発せられた。怨念まじりの突風は熱波を弾き返す。続けざまに身をひねる瑠璃。飛雷が止める声も聞き入れず、横一線に黒刀を振り抜く。

刃は裏朱雀の左翼――鬼の腕を今度は十本、無残なまでに両断した。

ひび割れた叫喚《きようかん》が大気を震わせた。露葉の左肩から赤い血が噴出する。核となった露葉もまた、鬼と痛みを共有しているのだ。

片や翼を持たぬ瑠璃は下方へと落ちていった。

「……金槌《かなづち》のお前には悪いが、こうなっては、川に落ちてくれた方がマシじゃ」

飛雷が重くつぶやいた。

宇治川に落下すれば泳ぎを知らぬ瑠璃はまず間違いなく溺れてしまう。しかし錠吉や権三がいる限り死ぬことはないだろう。何よりも今は、生き鬼化を止めるきっかけが必要なのだ。

が、飛雷の当ては外れた。

瑠璃は黒刀の柄を口にくわえる。落下しつつも姿勢を変え、左手を伸ばす。瑠璃の左手は辛うじて橋の欄干をつかまえた。勢いのまま、左腕だけで体を持ち上げる。体を回転させ、膝をつきながら橋桁に着地する。

と、ここに待ち構えていたのは錠吉と権三だった。

二人は錫杖と金剛杵を手に、切迫した面持ちで頭領を見つめる。一方の瑠璃は瘴気を放ち、薄赤い目で同志を上目遣いに睨む。

目はまだ白い部分を残している。だがそれも時間の問題だろう。

「瑠璃さん……どうか今だけは、許してください」

錠吉と権三は同時に攻撃を繰り出した。権三は瑠璃の右から、錠吉は左から法具をまわす。膝をついた姿勢から素早く腰を浮かす瑠璃。立ち上がりざま、腿に力を入れて跳び上がる。

二人の攻撃は宙を薙ぐだけに終わった。

「左手じゃ、お前たち」

飛雷が声を張り上げる。

「瑠璃の左手を狙え。我を手放させるのじゃっ」

錠吉と権三は上を見仰ぐ。瑠璃は権三の頭上で飛雷を構えていた。

繰り出される斬撃。権三は金剛杵を頭上に掲げて受け止める。刀と金剛杵が激しく衝突し、夜闇に火花が散った。重すぎる斬撃は権三の身を軋ませ、足元の橋桁には割れ目が入っていく。

このままでは押し潰される。権三は腹の底から声を振り絞ると、両腕にさらなる力を込めた。瑠璃を前方に弾き飛ばす。弾かれた瑠璃は橋桁に着地する。またも権三に狙いを定め、身を低く屈める。その時、瑠璃の死角にまわっていた錠吉が速やかに錫杖を振った。

錫杖は瑠璃の左手に命中した。瑠璃の手が一瞬ビクンと震え、筋が弛緩《しかん》する。そうして左手から、飛雷の柄が離れていった。

錠吉はすかさず錫杖で橋桁に落ちた黒刀を引き寄せる。

「これなら……」

武器さえ手放させることができれば、この状態の瑠璃でもどうにか押さえこめるかもしれない――この考えは、しかし、甘かったと言わざるを得ないだろう。

錠吉らの健闘も空しく、飛雷を取り落とした瑠璃はまるで気に留める素振りを見せなかった。

「邪マするナ」

立ち上がるや身一つで錠吉に躍りかかる。鋭くなった爪を振るう。駆けつけた権三に襲いかかり、強烈な蹴りをまわし当てる。

瘴気は濃くなっていく一方だった。

すると蓮音が怒声を張った。

「こん阿呆、あんたの相手はこっちやろがっ。やり、裏朱雀ッ」

たちまち裏朱雀が瑠璃に向かって飛翔する。熱波をものともせず迎え撃つ瑠璃。裏朱雀に爪を振るうや、今度は錠吉に視線をくれる。足を踏みしめ飛びかかる。かわしきれなかった錠吉の腕から血が滴り落ちる。次は権三。また裏朱雀。かと思いきや錠吉、と目まぐるしく対象を切り替えていく。

今や宇治橋の戦いは完全に秩序を失っていた。

混戦を極める中で裏朱雀も然り、錠吉と権三の体にも大小の傷がついている。二人とてこうなってしまった以上は最大の力で瑠璃と対峙するしかない。が、それでも人ならざる者へと変わっていく瑠璃の力は、二人の力を圧倒的に凌駕《りょうが》していた。動きに翻弄《ほんろう》され、致命傷を負わぬように防御するので手一杯だ。

瑠璃は、完全に見境を失くしていた。誰彼構わず襲い、瘴気をまき散らす。視界に入る者すべてを殺さんとする——「呪いの目」こそ完成されていないとはいえ、殺戮《さつりく》衝動は生き鬼そのものだ。

「俺たちは、何もできないのか……?」

錠吉は錫杖でふらつく体を支えた。

裏朱雀との戦いに加え、ついぞ想定していなかった頭領との戦い。体中がもはや限界とばかりに悲鳴を上げていた。権三も至るところから血を垂れ流している。歯を食い縛りつつ金剛杵を振る様からして、彼も限界をとうに越しているのだろう。

その時だ。

錠吉の横に転がっていた黒刀から、

「馬鹿な……我の、体、が」

と困惑した声が上がった。

錠吉は瞠目する。見れば黒刀が少しずつ形を変え、柔くなり、蛇の姿へと戻っていくではないか。

「蛇に戻るには、瑠璃さんの指示が必要なはずじゃ」

よもやと思い至り、瑠璃へ視線を転じる。

「……印が……」

瑠璃の両目から流れ出る血の涙が、固まりながら顎を伝い、首を伝い、胸元にある三点の印をも覆い隠そうとしていた。

胸の印は、飛雷を瑠璃の体内に封じるためのもの。言うなれば「瑠璃と飛雷の魂が繋がっている証」であった。それが今、怨念によって上書きされようとしている。

錠吉は慄然《りつぜん》と声を揺らした。

「飛雷と瑠璃さんを結びつける絆が、消えつつあるのか。瑠璃さんの魂が、人の道を、外れかけているから……」

どうにかして生き鬼化を食い止める手立てはないのか。

――考えろ。考えるんだ。このまま全員が嬲り殺しにされてしまったら、誰が瑠璃さんを止められる？

されど錠吉の頭には最悪の想像ばかりがよぎっていた。

もしも、自分たちが死んでしまったら。

――仮に誰かが瑠璃さんを正気に戻せたとして、俺たち全員の死を知った時――。

同志を殺したのが自分であると知ったその時、瑠璃の心は、どうなってしまうのだろう。言い知れぬざわめきが錠吉の胸を埋め尽くしていった。

——わっちは一体、何をしているんだ。

権三に向かって爪を振りかざしながら、瑠璃は己に問うた。

なぜ大事な同志を攻撃している？

この鋭利な爪は、全身に漲《みなぎ》るこの膂力は何なのだ？

瑠璃はこれまでに二度、己の意思に反し他者を攻撃したことがあった。かつては邪龍であった飛雷に体の支配権を奪われた経験だ。しかしながら今は、あの時とは明らかに状況が異なっていた。

自分にはこうして間違いなく意識がある。にもかかわらず、体は自分の思うように動いてくれない。なぜなのか。権三を攻撃したくなどないのに。苦しむ同志の顔など、ましてや自分のせいで傷を負う同志の姿など、見たいはずもないのに——。

恐れおののく心はやがて、真実に辿り着いた。

——まさか……まさかわっちは、生き鬼に……？

意識に絶望が押し寄せる。

——嫌、嫌だっ。生き鬼になんかなりたくない。仲間を攻撃するなんて、こんなことわっちはしたくないっ。

しかし心中に吹きすさぶ怨嗟の嵐はあまりに激しく、どう足掻いても己の体を己で制御することができない。焦燥に駆られる心とは裏腹に、瑠璃の体は権三や錠吉、露葉までをも攻撃し続ける。

――やめろ、止まれ。止まれよっ。どうしてこんな……。

このままでは皆を、殺してしまう。

そう思った瞬間、目の端に、双子の姿が映った。

豊二郎に抱えられた、栄二郎の姿。その閉ざされた目が、血にまみれた体が、瑠璃の心をさらなる深淵に叩き落とした。

なぜか人は、大切な者ほど生きているのが当たり前と思ってしまう。いつか死ぬとわかっているはずなのに、その事実を頭から除外してしまう。いつまでも自分のそばにいるのだと、いなくなるはずがないと、根拠もなく思いこむ。瑠璃も例外ではなかった。

――ああ……そうだ。もう栄二郎が、わっちを見てくれることはないんだ。

優しく語りかけてくれるあの声を聞くことは、もう二度と、叶わない。

生き鬼の瘴気が心の深層にまで染みこんでくる。

——憎い。

何ゆえ栄二郎が死なねばならなかったのだろう。よりにもよって、彼との未来を真剣に考えようとしていた矢先に。

——憎い。憎い。この世のすべてが、何もかも、憎い。

染みこんだ瘴気が、ゆっくり、赤々と心の器を満たしていく。怨念に抗おうとする気持ちすらも覆い尽くしていく。

生き鬼になれば、自分は半永久的に生き続けることになるだろう。図らずも蘆屋道満が望む不死を手に入れることになるのだ。

呪いを浮世にまき散らしながら生き続ける。それもいいと、瑠璃は思った。そうでもしなくば、いかにしてこの心にある憎しみを晴らせるだろう。この深い哀しみを慰める方法が他にあるとでもいうのか。

ひとたび兆した衝動は、止まらない。

瑠璃は鬼哭を放った。

——くたばれ。命ある者みんな、くたばってしまえ。

権三に痛烈な一撃を食らわすと踵を返す。瑠璃の前方には傷だらけになった錠吉の姿があった。瘴気をまといながら同志に向かい駆けていく。

対する錠吉は唇を引き結んだまま身じろぎしない。かと思いきや次の瞬間、なぜか右手を開き、構えていた錫杖を手放す。

しゃらん、と橋桁に落ちた錫杖の輪が金属音を奏でた。

瑠璃は脇目も振らずひた走る。左腕を振り下ろす。

鬼の爪が、錠吉の肩をまともに捉えた。

「ぐ……っ」

長く伸びた爪が肩の肉に深々と食いこんでいく。ぼたぼたと血が伝っていく。が、それでも錠吉は、一歩も退こうとはしなかった。

「瑠璃さん、あなたともあろう人が――」

錠吉の視線は瑠璃を射すくめて離れない。

一瞬、瑠璃の動きが止まる。

その左腕をつかむや、

「馬鹿者ッ。何というざまです」

錠吉の鋭い喝が飛んだ。

「己の本分を忘れたのですか。何のために戦うのか、誰のために力を使うのか、己が為すべきことまで何もかも、忘れてしまったのですか？」

まいとする、強い光が。
瑠璃を正視する錠吉の瞳には、覚悟の光があった。たとえ身を裂かれようとも退く
ひりつく沈黙が辺りを包みこんだ。

「聞きなさい、瑠璃。怨念ではなく俺の声を聞くんです。己を見失うな。憎しみに囚われるな。これまで悩み苦しみながら戦い続けてきた過去をすべて無駄にしてしまうのですか。あなたは、黒雲が頭領でしょう……鬼を救うべきあなた自身が鬼になって、何とするのです」

耳に聞こえるのは宇治川が、滔々《とうとう》と紅葉を流していく音色ばかり。と、瑠璃の口がわずかに開かれる。

まるで紙風船から空気が漏れるように、は——と吐息がこぼれ出た。

「錠、さん……」

錠吉の肩に食いこんだ爪が収縮する。瑠璃の瞳に渦巻いていた赤色は徐々に薄れ、瘴気が威力を弱めていく。

胸元に凝固していた血も流れ去り、三点の印が再びあらわとなった。

弱々しい声を漏らしたかと思いきや、瑠璃はその場にくずおれた。錠吉が急いで身を支える。だが瑠璃は錠吉にもたれかかりながらも、足を踏みしめることさえできな

かった。

——体が……自分の体じゃ、ないみたいだ。

錠吉のおかげで完全に生き鬼となることは避けられたものの、瑠璃の全身はあたかも鉛のように重くなっていた。おそらくは、人間の体では到底できぬ動きをし続けた代償に違いあるまい。

これに憤慨したのは蓮音だった。

「何しとるんや、立ちよしっ。まだ裏朱雀を斬ってへんやないのっ」

とはいえ瑠璃は橋桁にくずおれたまま、まったくもって身動きを取れない。それどころか反駁《はんばく》しようという気概すら、湧いてはこなかった。

蓮音はしばらくの間、口を歪めながらこちらをねめつけていた。そのうち今は何を言おうが無駄だと察したのだろう、悔しげに舌打ちするなり、

「もうええ。出直すわ」

裏朱雀の背に飛び乗る。蓮音を乗せた裏朱雀は傷ついた翼をはためかせ、空へと舞い上がった。

「ええか瑠璃さん、次会う時までにちゃんと体力を戻しとき。もう二度と鬼になんかならんといて。さもないと計画が台無しや。あんたには、人間でいてもらわな困るん

やから……」

奇妙な言葉を残し、蓮音は夜闇へと飛び去っていってしまった。

裏朱雀の熱波が消え、宇治橋に冷え冷えとした秋気が戻ってくる。

瑠璃は重く首を巡らした。

「お願いだ錠さん、わっちを、向こうへ……」

意図を酌んだのだろう、錠吉は頷くと瑠璃の体を抱え上げた。

足を向けた先は、橋の反対側。権三も負傷した体を押して同志のそばへと向かう。

そこにあったのは双子の姿だった。豊二郎はぐったりと動かない弟を抱いたまま、未だ微動だにせず、言葉もない。双子のそばへと歩み寄った錠吉は黙って瑠璃の体を下ろした。

瑠璃は体を支えられつつ、震える手を伸ばす。

「栄……栄二郎……っ」

透明の涙が抑えようもなくあふれてくる。名を呼ぶ声が涙で揺れる。指先で触れた彼の頰からは、温かさというものが感じられなかった。信じられない。信じたくなどない。

ここに至って瑠璃はようやく悟り得た。

――ああ、わっちはこんなにも、栄二郎を想っていたんだ。知らず知らずのうちに
こんなにも、栄二郎のことを……愛していたんだ。

彼の死に絶望し、己が身を生き鬼と変えてしまうほどに。

なぜ、今になって気づくのだろう。

血にまみれた顔の輪郭をなぞり、閉ざされたまぶたに触れる。この瞳が開くことは二度とないのか。この唇が自分の名を呼ぶことも、明朗な笑みが自分に向けられることとて、もう望むべくもないのか。

――栄二郎は、ずっと、ずっと、わっちを想っていてくれたのに。どうしてわっちは、今になって……。

天寿というのは時に残酷だ。遅かれ早かれ、人はみな死ぬ。すべての生者に寿命なるものが定められているのだとしたら、栄二郎の生が若くして尽き果てることも、運命だったと受け入れるしかないのだろう。たとえ愛する想いが通じあったとて、彼の運命は変わらなかったかもしれない。

それでも、

「嫌だ、嫌だよ栄二郎……死なないでくれ。目を、開けてくれ……」

本当は互いに心を寄せあっていたのに、ひと言も想いを告げられぬまま死に別れて

しまうなどあんまりではないか。一度ならず二度までも、好いた男に好きと言えぬまま終わるなど――。

――ああ、神さま。どうか。どうか。

自ずと瑠璃は、天に祈っていた。

――栄二郎が生きられるなら、わっちはどうなろうとも構いません。だからどうか、連れていかないで……。

するとの瞬間、

「……栄?」

豊二郎の目に光が戻った。

弟の体を橋桁に横たえ、胸に耳を押し当てる。ややあって豊二郎の両目からも涙があふれ出した。

「聞こえる――おい聞こえるぞっ」

よもや、心の臓が動いているというのか。

すぐさま権三も栄二郎の口に手をかざす。

「……何てことだ。ごく微かだが、息をしている」

まさしく奇跡。一度は死の淵を越えながらも、栄二郎は辛うじて息を吹き返したのだ。一同の顔にたちまち希望が広がった。

「そうか、よかった、栄二郎……よかった……」

しかしながら現況は予断を許さない。栄二郎は虫の息。これほど大量に血を流してしまった以上、瀕死であることに変わりはないだろう。吹き返した息もいつまた途絶えてしまうかわからない。

「早く医者のとこに連れていかねえと」

「よし、俺が栄を運ぶ。皆で手分けして診療所を探そう」

いきおい立ち上がった豊二郎と権三だったが、

「待ってくれ」

二人を制したのは錠吉だ。

「近くの診療所を探すだけじゃ助からないかもしれない。見てみろ、この傷口を」

目を凝らせば栄二郎の体には、不気味な黒い筋が這っていた。どうやらこの筋に沿って血が噴き出したものと見える。蛭《ひる》のごとく脈打つ筋は栄二郎の生気を吸い取っているかのようだ。

「縦と横に交差した筋――これは蓮音太夫が施した、四縦五横印だ」

「まだ呪術が体に残ってるのか？」

「おそらくは。呪術に蝕まれているとあっては、普通の医者に診《み》せたところで奏功するかどうか……」

要は呪術を解かぬ限り、栄二郎が助かる道はないということ。しかし錠吉でもこの呪術に対抗する手段がわからないという。今から新たに文献を漁っていたのではとても間に合うまい。

「……確かに、並の医術では治せぬじゃろうな」

と、飛雷が口を差し挟んだ。

黒蛇は鼻先で栄二郎の状態を確かめるや、瑠璃たちを見まわして問うた。

「だが普通の医者でなければどうじゃ？　ぬしらの求める医者は、幸いにもこの洛南におるじゃろうて」

瑠璃は飛雷に目を留める。

「それ、って」

「お前も一度診てもらったじゃろう。瑠璃よ、忘れたのか。童《わらべ》になってしもうたお前から、蟠雪のまじないを抜いた、神の力を」

十

半死半生となった栄二郎を抱え瑠璃たちが急行したのは、洛南は伏見にそびえる稲荷山。その頂上に鎮座する、稲荷大神のもとであった。

巨大な黒狐——陀天に向かい、瑠璃は伏して助けを請う。しかし肝心の陀天は、この願いに難色を示した。

「いつまでそうしておっても無駄や。もう帰りよし」

「お頼み申します陀天さま。わっちの体を大人に戻してくださったあの時のように、どうか栄二郎をお救いくださいっ」

叫ぶように希《こいねが》う瑠璃。豊二郎と錠吉、権三も深々と頭《こうべ》を垂れる。片や陀天は厳《おごそ》かに首を振った。

「神たるわらわが、そう何度も易々と願いを聞き入れるとでも思うたか？　瑠璃、そなたの体から呪術を抜いてやったんは、そなたが宗旦を救ったからや。せやけどあれはあくまでも例外」

「あなたさまのお力を貸していただけなくば栄二郎は死んでしまいます。わっちらには他に頼る当てがない——どうか、お願いでございます」

「ならん。わらわは我が子たちを常々戒めておるのや。人間に干渉しすぎることなかれ、とな。当のわらわが戒めを破っては元も子もあらへんやろう。わかったら諦め」

取りつく島もない。が、瑠璃には諦める気など毛頭なかった。

顔を上げるや己の隻腕を陀天に向かって差し出してみせる。

「恐れながら、ご承諾いただけるまではここを一歩たりとも動きません。助けてくださるならどんなことでも致します。儀式が必要ならば用意しましょう。捧げ物が必要ならば、わっちのこの左腕を差し上げます」

只ならぬ声を聞きつけ集まってきた稲荷狐たちは、おろおろとした様子で陀天と瑠璃とを見比べていた。

「だ、陀天さま。いかがしはるのです……？」

瑠璃は陀天から視線を外そうとしない。その鬼気迫る眼差しを正面から受け止めつつ、陀天もまた、厳然とした表情を崩さない。

息詰まるような空気が夜の稲荷山に満ちた。

どれだけ睨みあいが続いたことだろう。とうとう相手の口から、

「……まったく。呆れるほど恐れ知らずな女子や」

と、ぼやき声が漏れた。

「聞けばそなたらは忌々しき邪教、百瀬真言流を潰したそうな。これはその褒美と受け取れ。むろん金輪際、貸し借りはなしや」

そう釘を刺すと、陀天は狐たちに目で指示した。

稲荷狐たちが慌てて地面に緋毛氈《ひもうせん》を敷き始める。権三は両腕に抱えていた栄二郎の体を、そっと毛氈の上に横たえた。

「これはまた、手ひどくやられたものよの」

黒狐の鼻先が栄二郎へと近づいていく。しばらくして瀕死の体を包むように、ほのかな光が発生した。陀天は静かに目を閉じ、念を込める。

やがて光が消えたのと同時に、

「……っ」

栄二郎の胸が大きく動いた。すう、と肺に空気が流れこむ。全身に開いた傷口が徐々にふさがっていく。

「栄——」

陀天の神なる力が、蓮音の呪術を打ち消したのだ。

瑠璃たちは思わず深い安堵の息をこぼした。

「ありがとうございます陀天さま、何とお礼を申し上げたらいいか」

ところが栄二郎は目を閉ざしたまま意識が戻らない。呼ぶ声にも反応しない。いくらか呼吸はしやすくなったらしいが、眉を歪めた顔つきは見るに苦しげだ。ふさがった傷痕には、黒い筋がまだうっすらと残っている。

「わらわの力で呪術は抜けた。せやけど術をまともに食らったせいで、生命力が著しく損なわれてしもうたようやな。一命を取り留めたように見えても、まだまだ油断ならん」

「そんな……」

「以前にも言うたやろう？　病は気から、と。要するに後はこの男の気力次第。わらわとしても、これ以上は手の施しようがあらへん」

諦念まじりに言う黒狐に、瑠璃はなおも食い下がった。

「お教えくださいな陀天さま。他に何か、わっちらにできることはないでしょうか。どんな些細なことでも構いません、可能性があるならすべて試したいのです」

「うぅむ。可能性、か」

栄二郎に視線を注ぎつつ、陀天は思案げにうなった。

「たとえば滋養の薬か、気つけ薬で生命力を補ってやれば、あるいは……。言わずもがな、その辺に売っとるような薬ではさして効果は期待できひんえ。妖力や神通力のこもった特殊な薬でもあれば別やが、さすがのわらわも門外漢。さような薬が存在するかも定かやない」

「薬――妖力の、こもった」

瑠璃と男衆は急いで視線をかわしあった。

当てなら、一つだけある。

露葉のこしらえる「源命丹《げんめいたん》」だ。

六年前、平将門との決戦にて瑠璃たち黒雲に力をくれたあの薬なら、栄二郎の生命力を回復できるかもしれない。しかし露葉は依然として裏朱雀の中に囚われたままである。

と、こちらの急いた心情を読み取ったのだろう、陀天が再び口を開いた。

「薬を調達するにしても、そなたらが倒れてしもうたのでは本末転倒。戦いで精も根も尽きとるのやろう？　今宵は特別や、山で休み。我が子らに寝床を用意させたる」

「……はい」

「時に瑠璃よ」

うなだれていた瑠璃は、ついと陀天を見上げた。

「もう、己が身を贄《にえ》や犠牲にしようとするな。わらわとてそなたの唯一の腕を奪ってしもうては寝覚めが悪い。ええか、その左腕は終生、大切にしぃ。さもなくば愛する者を抱きしめられんやろうて」

稲荷大神の大きな瞳がこちらを食い入るように眺める。対して瑠璃は、言葉にならず左腕を流し見た。


陽光が木漏れ日となって地面を照らす頃、瑠璃たちは稲荷狐に揺り起こされた。何でも陀天が呼んでいるのだという。

「ほら早う、陀天さまが向こうでお待ちや」

「起きて起きてっ」

狐たちが用意してくれた稲穂の寝床から起き上がる。生き鬼化の反動か、瑠璃の体は夜が明けてもずっしりと重たいままであった。男衆も傷の手当てを無事に済ませていたものの、戦いの疲労が残っているらしく表情は晴れない。

瑠璃は微かな期待を胸に、隣に横たわる栄二郎の名を呼んでみた。

が、青年はやはり、目を覚まさなかった。

狐たちにせっつかれるがまま移動すれば、御簾《みす》の内で特大の煙管をくわえていた黒狐は、ゆったりとこちらに目をくれた。

「来たか。まァそこに座り」

「……お話とは何でしょう、陀天さま」

ふうっ、と黒狐の口からひと筋、細長い煙が吐き出される。

次いで告げられた言葉に一同は揃って顔をしかめた。

「黒雲よ。これ以上、京の変事に首を突っこむな。五人で江戸に帰りや。飛雷どの、あなたさまも同様どすえ」

瑠璃の傍らにいた黒蛇が「フン」と鼻を鳴らす。

「何かと思えばおかしなことを。おぬしは京を守る神なのじゃろう？　京で起きておる怪異を知りながら、何ゆえそのようなことを申す」

「わっちらはまだ露葉を救えていない。他の妖の行方もわからないままで、江戸に帰れるはずがありません」

「露葉の源命丹がなきゃ、栄は――」

「夢幻衆は少なからず京の人々を脅かしてるんです。現に鬼の数だってどんどん増える一方だ。当然、捨て置くわけにはいきやせん」

口々に異を唱える一同の中で、しかし唯一、錠吉だけは、陀天が紫煙《しえん》をくゆらせるのを冷静に見つめていた。

「……そのようなことをおっしゃるということは、あなたさまはもしや、夢幻衆と繫がっておられるのですか。夢幻衆か、もしくは奴らの黒幕、蘆屋道満と」

錠吉の言に瑠璃たちはいきおい神経を尖らせた。

もし敵方と通じているならば、陀天もまた黒雲の敵ではないか。だから江戸に退陣せよとのたまうのか──。

刺すような視線を浴びせられているにもかかわらず、陀天はどこか物憂げに煙を眺めるばかりだった。

だがしばらくして、

「そなたらに、言うておくべきことがある」

と、こちらに瞳を据えた。

「夢幻衆なる者どものことで、何や知っとることはないか。そなたらは前にそう問うてきたな。あの時わらわは本当に知らなんだのや。夢幻衆については、何も知らへんかった。よもや夢幻衆を裏で統率しとるんが、あの道満やったとは、思わんかったさかいに」

瑠璃は目を見開いた。

「その言い方……もしかして蘆屋道満のことを、ご存知なのですか」

まさかと思いつつ尋ねる。対する陀天はあっさりと頷いてみせた。

「ご存知も何も、道満はわらわがこの手で育てた、我が子も同然の男。あやつは狐の血を引いとるんや。晴明と同じ、狐の血を」

「晴明。安倍晴明公と、ですか」

「いかにも。何せ晴明と道満は、双子の兄と弟やからな」

「……は……？」

あまりの衝撃で、喉が詰まった。

——晴明公と道満が、双子だって？

とてもではないが信じられない。伝承によると道満は晴明と敵対していたか、もしくは晴明の弟子であったはずだ。双子の兄弟であったという記述など一つも見当たらなかった。かように重要なことが、文献に残っていないわけもないのに。

しかしながら陀天に嘘を言っている様子は見受けられなかった。元より今の状況でそのような嘘をつく必要性もないだろう。

そういえば、と瑠璃は記憶を掘り起こす。

以前、宗旦が教えてくれたではないか。安倍晴明が不思議な力を持っていたのは、狐の血を引いていたからだと。

――そうだ、宗旦はこうも言ってた。晴明公には、双子の弟がいたって……。

その弟こそが誰あろう、蘆屋道満だったのだ。

信じがたい事実ではあれ、道満にも神秘なる狐の血が流れていると考えれば、彼が何らかの方法で生き永らえてきたことも、夢幻衆が彼の持つ力に師事し、傾倒するようになったのも得心がいく。

けれどもなお判然としない。

「晴明公と道満が双子だったってことが、どうして、何の書物にも残されていないんだ……？」

「それはひとえに〝双子であったから〟ということに尽きるわえ」

いよいよ混乱してしまった瑠璃たちに向かい、陀天は昔語りをした。

始まりは、今を去ること八百七十年の昔。

晴明と道満の兄弟は、貴族の父と、人に化けた母狐の間に生を受けた。だが出産の折に母はうっかり狐の尻尾を出してしまい、夫に正体を知られてしまったという。

ただでさえ双子は「畜生腹」と蔑《さげす》まれる風潮が強かった当時、狐の腹から産まれたとあっては、どう苦心したところで非難を避けることはできなかったろう。子らが幸せに生きるためにはどうすべきか。幸か不幸か二人の顔はさほど似ていなかったものの、双子であることはゆめゆめ世間に知られてはなるまい。母狐は悩んだ末、弟の道満を陀天に預けることにした。なおかつ自身も人間の社会にはもはや戻れまいと悟り、泣く泣く故郷である信太《しのだ》の森へ帰っていったのだった。

こうして兄、晴明は人に。弟、道満は狐に育てられた。幼い双子は人目を忍びつつ時折、稲荷山でともに遊び、将来について語らった。やがて成長した晴明は陰陽師になることを目指し、御所の陰陽寮にて研鑽《けんさん》を積むようになる。齢《よわい》四十にして見習いの身から正式な陰陽師に任じられるという遅咲きではあったが、四十で寿命が尽きる者も珍しくなかった時代、そこから八十五で死去するまでの目覚ましい活躍を思えば、やはり彼は並の人間でなかったと評することができよう。

このように晴明が頭角を現していくにつれ、道満もいつしか同じ道を進むと決め、稲荷山を下りて兄を補佐するようになった。双子であるという事実を、周囲にひた隠しにしながら——陰陽師として確固たる地位を築きつつあった兄の足を、己が引っ張るわけにはいかぬと道満が主張したからだ。ゆえに道満は官職にも就かず仕舞いであった。双子の兄弟は互いに支えあい、切磋《せっさ》琢磨《たくま》しながら陰陽道を究めた。

ところが仲睦まじかった兄弟仲に、亀裂が入る事件が起きた。

道満が「金烏玉兎集」を晴明の書庫から盗み出したのだ。不死の秘儀が記された金烏玉兎集は、何人《なんぴと》たりとも読むことを許されぬ書。保管を任されていた晴明でさえ安易に触れることを自重していた禁書であった。結果として、播磨守《はりまのかみ》への就任を約束されていた晴明は陰陽師としての戒めを破った弟を、京から播磨へ追放した。双子は永遠に決別し、かくて道満は行方知れずとなった。

それから時は流れ、七百年あまりが経った頃。とある出来事が神である陀天すらも仰天させた。何と道満が突然に稲荷山を訪ねてきたのである。人間の寿命に照らしてみれば当然、道満はとうの昔に死していたはず。しかし陀天の目に映る彼は見紛うことなく生きていた。

育ての親である陀天に向かい、道満は言葉少なに京を追放された後のことを語ったそうだ。我流でどうにか命を繋いできたこと。密かに京へと戻り、完全なる不死を実現すべく、力を蓄えてきたのだということを。

何のために不死になりたいのか。こう問うた陀天に、道満は答えた。

世に永久《とこしえ》の安寧をもたらすため。

すなわち「桃源郷」を作るためであると――。

「道満が言うとった計画はこうや。原初の時代、イザナギが〝父神〟に、イザナミが〝母神〟となり日ノ本を生み出した国生み神話のように、不死となった道満が父神となり、母神と子を成す。子は子を産み、次第に子孫を増やしていく。不死を得た道満は父神として桃源郷の頂点に君臨し、平和な世を維持するべく、いついつまでも目を配り続ける……。要は創世の神となり、決して死なへん帝になる、と言うたらわかりやすいか」

いわく、道満は数百年もの歴史を生き続ける中で、数々の戦や差別を目の当たりにしてきたらしい。保元《ほうげん》、平治《へいじ》の乱。応仁《おうにん》の乱。本能寺の変。雅《みやび》やかに見える京にはその実、戦火で命を落とした者たちの無念が何層にも折り重なっているのだった。

人が人を殺め、人が人を虐げる。人間の愚かさを嫌というほど知る陀天は、そんな世に桃源郷を作るという道満の思想に共感せずにはいられなかったそうだ。当の道満は、育ての親であり神たる陀天が賛同してくれたことに愁眉《しゅうび》を開いていたという。

当時といえば現在から百年ほど前であり、言うまでもなく夢幻衆はまだ生まれていない。おそらく道満は強力な支持者を得られてひと心地ついたのであろう。

瑠璃は口の中で繰り返す。

「新しい世……桃源郷……」

——道満が不死になろうとしてるのは、そのためだったのか。

これで謎が一つ解決した。が、謎はさらなる謎を呼ぶ。

桃源郷とは聞くだに響きがよいものの、二人の男女が子を成し、増やし、新しい世を作るなどと、さようなことはまさしく神話そのもの。まったくもって現実味のない話としか思えない。

男衆も瑠璃と同じ意見らしかった。

「一体この日ノ本のどこに、桃源郷とやらを作るっていうんです?」

権三が問いを投げかける。

「そんなことをすれば幕府や天子さまが黙っちゃいない。道満は戦を嘆いていたとおっしゃいますが、日ノ本の人間と桃源郷の人間が争わないという保証だってないはずだ。その辺りのことはどうお聞きで?」

勢いこんで尋ねるも、

「さあな。道満にもそれなりの考えがあるんやろう」

と、陀天の回答は今一つ曖昧だった。人間と違い仔細《しさい》に無関心なところは、神が神たる所以であろうか。

「……しかし陀天さま。何ゆえ、俺たちにその話を聞かせてくださったのですか」

錠吉の声音は礼儀を保ちつつも不審げだ。

我が子も同然と言うくらいだから、やはり陀天は道満に力を貸し、黒雲の敵にまわるつもりなのかもしれない。だが仮にこちらを敵視しているなら、道満の目的を開示してしまう意図がわからない。

すると黒狐は微かに目を細めた。

「そう案じずともよろしい。昨晩も言うたように、わらわは人間に深く干渉するつもりなどない。我が子であろうとも道満一派に神の力を貸す気はあらへんし、黒雲よ、そなたらについても同じこと。京に怪異を起こしとるのが道満であれ夢幻衆であれ、わらわは今までどおり京の地を守り、人間の所業を稲荷山から見つめるまでよ」

あくまでも中立に徹するということらしい。

ただし、と陀天は語気を強めた。

「今一度、あえて言う。そなたら黒雲はこの一件から手を引くべきや。瑠璃よ、そなたに大切な男がおる以上はな」

唐突な弁に瑠璃は片眉を上げた。

「あの、おっしゃっている意味が――」

「道満は目下、母神となるべき存在を探しとる」

こちらの声を遮るや、陀天は続けて述べた。

母神とは言わば桃源郷の「第一世代」を産む存在。道満の妻となる女だ。とはいえ母神までもが不死になる必要はないだろう。第一世代から第二世代、第三世代といった塩梅で、子々孫々に桃源郷の民が増えていくからだ。

「桃源郷の礎を築き、後に続く子孫の大元となるからには、母神は不死でなくとも、健全な肉体と魂を持った女子でなければ務まらへん。もっと言うなら、陰陽の調和が完璧に取れた者。道満が望んどるんはこの条件を満たした女子や」

「陰陽の調和。そういや蟠雪も菊丸も、似たようなことを言ってた気が……」

してみれば、夢幻衆はこれまで裏四神を操作する傍ら、母神を作り出すべく尽力してきたのに違いない。蟠雪は医術によって、菊丸は交合の修行によって女の体の陰陽を整えようとした。そして、おそらく蓮音は、

――あの道満に対する心酔ぶり……きっと蓮音は、自分自身が母神になろうとしているんだ。

瑠璃はにわかに吐き気がした。蓮音はともかく、何の関係もない女子を妻にし、さ

らには子を孕ませようと目論むなぞ何とおぞましい考えか。

それと同時に、思い出されることもあった。

——瑠璃さん、あんた、ややを産んだことは？　月のものは？　ちゃんと来とる？

——もう二度と鬼になんかならんといて。さもないと計画が台無しや。あんたには、人間でいてもらわな困るんやから……。

「蓮音は何だってあんなことを言ったんだろう。わっちが生き鬼になったところで、夢幻衆としては一切経さえ破壊されればよかったはずなのに」

そうつぶやいた途端、ぞぞ、と不快な感覚が背筋を這いのぼった。

「……もしかして」

その先の言葉を、瑠璃は口にするのも嫌だった。ぎこちなく男衆に視線を投げる。

錠吉も、権三も豊二郎も同じ答えに思い至ったのだろう、こちらに視線をくれたまま絶句している。隣を見やれば、飛雷もどこか薄気味悪そうに閉口していた。

「もうわかったな」

言って、黒狐は首肯した。

「道満の中ではおそらく瑠璃、そなたも、母神の候補に入っておるのやろう」

瑠璃は微かに息を呑んだが最後、金縛りにあったかのごとく硬直してしまった。

人間を「陽」とするならば、神は「陰」。そして瑠璃は人間でありながら、魂は前世の龍神、蒼流から引き継がれている——つまりは陰と陽が絶妙に調和した存在だ。

これを道満がみすみす放っておくはずもない。

のみならず、蓮音のあの悔しげな捨て台詞から推測するに、ともすれば瑠璃こそが今現在「母神の第一候補」になっているのかもしれなかった。

「わっちが、母神に？　道満の妻となって、子を成せ、と……？」

ふざけるなと叫びたかった。一切経を斬らせるために自分だけでなく友までをもいいように利用しておいて、その上、子を孕ませようと企むなぞ、傲慢も大概にしろと怒鳴りたかった。されど理解の範疇《はんちゅう》を超えるほど身勝手なことをされた時、人は不思議と、文句の一つすら言えなくなる。

喉奥に言葉を詰まらせたまま、瑠璃は荒い呼吸を繰り返すばかりだった。

「わらわとて、そなたの気持ちがわからんでもない」

陀天はくわえていた煙管の羅宇《ラウ》を前足で器用に挟む。そばに控えていた稲荷狐たちが動きを察し、陀天から巨大な煙管を受け取った。三体がかりでコンコン、とこれまた大きな煙草盆に煙管の雁首《がんくび》を打ちつける。

狐たちの様子を微笑ましげに眺めてから、陀天は木漏れ日を仰いだ。

「わらわはな、百年前、道満と再会してたまげるとともに嬉しゅう思うた。道満は幼き頃それはそれは臆病で、小さな野兎《のうさぎ》と出くわしただけでわらわの背に隠れてしまうような子やったんや。己の主張をするんがどうにも不得意で、兄である晴明の真似事をしてばかりやった。そないな男が、世のためにああして壮大な志を持つようになるとは……。なれば陰ながら見守ってやるんが、親心というもの」

さりとて陀天は、瑠璃が母神になることを望んでいるわけではなかった。

「そなたらの心根も、京でのこれまでの行いもよう知っとる。そやよって、わらわは忠告をするのや。一刻も早う京を去りよし。さもなければ道満はいかなる手を使おうとも、瑠璃、そなたを母神に仕立て上げようとするやろう」

「ですが、陀天さま」

「それでなくともそなたは――いいや、これは言うても詮ないか。今はまだ正式なお達しが来ゃあらへんのやから――ともかく、すぐにでも江戸に帰るんや。京で起きたことは忘れよし。ええな？」

何事か途中で言いよどんではいたが、黒狐の瞳からはこちらを憂える気配がとくと伝わってきた。おそらくは中立といえども瑠璃たちに情が湧き始めているのだろう。

かつて古の龍神たちには言い知れぬ葛藤があった。同じく神である陀天にも、陀天なりの葛藤があるに違いない。

道満の妻になりたくなければ、心に想う男がいるならば、京を離れろ。

果たして稲荷大神の忠告は、瑠璃の胸中にさらなる苦悩をもたらした。

終

深閑とした丑三《うしみ》つ時。

寝つけず悶々とした瑠璃は塒を出て、ひとり夜風に当たっていた。寄せては返す波のように、幾度となく神経が昂ってはまた沈んでいく。

堀川の流れがいやに大きく耳朶《じだ》に響き、視線を上げれば、天空にはほっそりと弓なりになった月が、不気味な笑みのごとく輝いている。

気を静めようと外に出てきたものの、夜の静けさと暗闇はいっそう陰々として心に迫ってきた。

宗旦は今、稲荷山にいる。瑠璃たちが塒に戻ってくるのと入れ替わりで陀天に呼び出されたのだ。何の用かは宗旦自身も思い当たることがないらしかった。ひょっとすると陀天はこれ以上、可愛がる妖狐を黒雲のもとにいさせては危険と判断したのかもしれない。

「宗旦も、もうここには戻ってこないのかな……」

塒の玄関を顧みた瑠璃は、滅入る心持ちをため息にして吐き出さずにはおれなかった。塒の一階では錠吉と権三が浅い眠りについている。栄二郎の体を連れ帰ってきた四人は交代で彼の様子を見ることにしたのである。そして今、栄二郎の布団横に座しているのは双子の片割れ、豊二郎だ。

豊二郎は弟が倒れて以降、明らかに口数が減った。平時のように強がることも、減らず口を叩くことも一切しない。意識が戻らぬ弟をまんじりともせず見つめる眼差しからは、瑠璃と同様の不安を抱えているのが窺えた。

——もし、栄二郎があのまま目を覚まさなかったら。

考えたくもないのに思考は嫌な方に巡る。じわり、と目の前が霞んでいく。瑠璃は口角を下げ、泣きそうになるのを必死にこらえた。

栄二郎はいずれまた死の淵を越えて、自分の手の届かないところへ行ってしまうかもしれない。そんなことは絶対にごめんだ。彼が死んでしまうなど、絶対に、耐えられない。

しかしながら「もし」という不吉な考えは消えてくれなかった。

瑠璃は堀川沿いを歩きだす。特に当てがあるわけでもない。ただ、歩いて気持ちを紛らわせたかった。頭を空にして足が霜を踏みしめる音や、川の音だけに意識を集中しようと念じる。

だが、思考は止まらない。

――わっちは鬼たちのことを、本当の意味でわかっちゃいなかった。

脳裏では自ずと、生き鬼になりかけた時のことを思い返していた。

死して鬼になる者の気持ちも、生き鬼になる者の気持ちも、十分に理解していたつもりだった。彼らの嘆きに共感し、寄り添おうと努めてきたつもりだった。しかしこれまでの瑠璃は、どうしても客観的な目でしか鬼たちを見ることができないでいた。無理もない。人の感情というのは、どれだけ憶測を深めたところで当の本人にしかわかり得ないのだから。

されど状況は変わった。

――鬼になる衝動が、あんなに辛いものだったなんて……。

狂ってしまえたらどれほど楽か。以前はそう思っていた。それは取りも直さず、狂気に蝕まれた後の辛苦を知らなかったからである。

栄二郎の死に直面した哀しみ。怒り。憎しみ。それら心の闇が極限まで渦を巻き、瞬間にして爆《は》ぜる感覚は、今こうして思い出すだけでも恐ろしい。破滅的ともいえる感情の爆発に、瑠璃の理性は失われた。己を抑えこむどころか、抑えこもうと思うことすら満足にできなかった。錠吉が捨て身の叱咤をしてくれなかったら、自分はきっと衝動の赴くまま、人間であることを完全に放棄していただろう。

　そう考えると我知らず、体が震えた。

「よもや我の声まで届かなくなるとはな」

　振り向いて見れば、飛雷がこちらへと這い滑ってくるところであった。瑠璃は腰を落とし、左手を差し伸べてやる。体をするする登ったかと思うや、

「我にとっては不愉快な話じゃが、この印は、お前と我の魂を結びつけるもの。滝野一族が我にかけた鎖よ」

　黒蛇の鼻先は、瑠璃の胸元へと向けられていた。

「我は昔、この印をどうにかして消してやろうと躍起になっておった。お前の体内に封じこめられたままなぞ我慢ならんかったからな。ゆえに瑠璃、お前の心に隙ができる刹那を、我はいつも狙っておった」

「……そんなこともあったな。六年前の話だろ」

「ああ、じゃがもう少しというところで失敗した。我の力をもってしても鎖を断ち切ることはできなんだ。お前が自我を取り戻したからというのも大いにあろうが、それ

だけ印の効力が強かった、とみなすこともできようぞ」

何者であろうがどんな力であろうが、龍神である飛雷でさえ、印を破ることはできないはずだったのだ。

あの時までは。

「生き鬼の呪い……げに恐ろしく、未知なる外法《げほう》であることよの」

低い声で言うと飛雷はいつものように腰帯の上に収まった。

「わっちは、自分で自分が恐ろしいよ」

龍神の宿世という複雑な出生があるからこそ、己が「人間である」ということを強く意識してきた。黒雲の頭領として鬼を救うことに固執はしても、鬼の怨念に呑まれぬよう注意していたのは言うまでもない。

瑠璃は一個の人間として、黒雲頭領として、鬼と己との間に無意識に一線を引いていたのである。決して踏み越えてはならぬ一線。されど生き鬼の怨念は、それをいとも容易《たやす》く越えさせてしまうくらい強烈であった。飛雷との魂の結びつきまでをも断ち切ってしまうほどに。

――やっと、ようやっとわかった。雛鶴に朱崎、正嗣も、あれだけの思いをして生き鬼になったんだ。元を正せば皆、誰かを呪い殺すために鬼になったんじゃない。浮世に復讐するために鬼になったんじゃない。皆、鬼になるしかなかったんだ。

横溢《おういつ》した感情が、人を生きながらにして鬼に変える――瑠璃はこの形容しがたき情動を、己の身をもって痛感したのであった。裏を返せば鬼と化すしかなかったくらい、栄二郎を愛していたのである。

不死とはどことなく幻想じみたもの、少なくとも自分にはまったく関係のないものだと思っていた。だが愛する男の死に直面した今となっては、不死を望む者の気持ちもわからないでない。

栄二郎を死なせたくない。もっと、ずっと、生きていてほしい。

こう願うことと、不死を望むことは、紙一重と言えるだろう。

ことに蘆屋道満は不死の「さらに先」を見据えていた。

「桃源郷、か……」

争いのない世を作るという志自体は、なるほど大いに結構であろう。夢物語と鼻であしらう気はない。

しかし、だ。

――桃源郷を作る過程で、道満は一体どれだけの犠牲を生むつもりだ？

ひとり歩を進めながら、瑠璃は暗い地面を睨みつける。

幼くして鬼となった甚太。閑馬を殺め、長助、白までをも死に追いやり、他にも多くの鬼や妖を犠牲としてきたことを、道満や夢幻衆は一顧だにしないのだろうか。数多《あまた》の屍《しかばね》や哀しみの上に作り出される桃源郷が「安寧の世」であるなどと、矛盾もいいところではないか。

――平安の時代から生きてる奴の考えることなんて、二十六のわっちにわかるわけもねえがな。それにしたって道満のクソ爺め、まさか陰でわっちを〝母神〟とみなしてるなんて……。

と、瑠璃は意図せず身震いした。

桃源郷の母神になるということは、道満の妻になり、道満と交わるということだ。見も知らぬ八百七十歳の老体からそのような目で見られているなぞ、考えるだけでも怖気《おぞけ》が立つ。加えて、母神の話を聞いた瑠璃には一つ懸念すべきことがあった。

「瑠璃よ。今、麗のことを考えておるな？」

「ああ……ずっと疑問に思ってきた。麗は望んで夢幻衆に加入したわけでもないし、蓮音たちみたいに道満を崇敬もしちゃいない」

「夢幻衆どもは確か、裏青龍を操らせるためにこそあの娘を一味に引き入れたのじゃったな」

にもかかわらず、裏青龍が倒された今もなお一味に留まるよう強いているのは、なぜなのか。細かな雑用をさせるためだけとは考えにくい。

飛雷と瑠璃の予想は、示しあわせるまでもなく一致していた。

「あの娘は半人半鬼。鬼と人、陰と陽のまざりあった存在じゃ」

「考えたくもねえがたぶん麗も、母神の候補に入れられてるんだろうな……ったく何てこった。十二の幼子まで〝交合の相手〟として見てるなんざ、こうなると気色が悪いなんて表現じゃとても追っつかねえよ」

当然ながら瑠璃自身も道満の望みどおり母神になってやる気はないし、麗を母神にさせるなど論外だ。

が、果たして、そう単純に切って捨てるだけでよいものか。

陀天から話を聞いた時、瑠璃は少なからず心動かされていた。

道満にも、自分と同じ志があったのだと。差別を嘆く心があったのだと。奇《く》しくも桃源郷は、自分がこれまで希求し続けてきた「瑠璃の浄土」になり得るやもしれないではないか。

——どんな手段を使って生き永らえてきたかは知らないけど、ひょっとしたら道満は、戦や差別を哀しんで人知れず闘っていたのかもしれない。八百年もの間、今までずっと。

そうして導き出された答えが桃源郷なのだとしたら、

「道満がこれまでしたことは断じて許しちゃおかない。相応の落とし前ってモンをつけさせる。でも、桃源郷のことだけは……」

まとまらない思索にふけりながら、気づけば瑠璃は、とある神社の敷地に足を踏み入れていた。

かの安倍晴明が神として祀られた、晴明神社である。

堀川通から入って一の鳥居、二の鳥居をくぐると、諸病平癒の聖水が湧くと伝わる井戸が右手に見えた。植えられたばかりの楠《くすのき》は若々しく、塵ひとつなく清浄に掃き清められた境内は、こぢんまりとしていながらも静謐《せいひつ》な気に満ちている。邪なもの一切を寄せつけぬ厳粛さ。魔を祓うことにおいて比肩《ひけん》する者なしといわれた晴明が見守っているからであろうか。境内に稲荷神を祀る社が佇んでいるのを見るに、安倍晴明はまこと狐の血を引いていたに違いない。

瑠璃の足は自然と本殿の前へ向かっていた。現状に思いを致すほど思考は混沌とし、ざわざわとした感覚が胸に広がっていく。

ついに残る裏四神はあと一体。露葉を核とした裏朱雀のみになった。

次に相まみえる時までに、鬼とそれ以外を斬り分ける極意を会得《えとく》することはできるのだろうか。

「……わっちは本当に、露葉を救えるのかな」

五芒星《ごぼうせい》の紋があしらわれた本殿を見つめるうち、

──ああ、重い。重すぎる……。

首に岩を載せられたかのごとく、瑠璃の視線は、段々と下を向いていった。

露葉を必ず、何としてでも救わねばならない。弱音を吐くな、お前にしかできぬことなのだから──そう己を追いこめば追いこむだけ、自信は反対に、小さく縮こまっていく。

耐えきれずに両目をつむる。まぶたの裏に、栄二郎の面差しが浮かんだ。

今まで数々の苦境や喪失を乗り越えてこられたのは実のところ、栄二郎が「逃げ道」を作ってくれたことが大きかった。平将門との決戦を終えた後、抜け殻となった瑠璃に栄二郎は「吉原を出よう」と促してくれた。麗への罪悪感に苛まれていた時も、彼は「泣いてもいい」と言ってくれた。瑠璃への恋慕を口にしないでいたのも、きっと、己の恋心が瑠璃を縛りつけぬようにと配慮したからだろう。

彼が自分を見つめる眼差しに気づいていながら、かつ自分自身、彼に愛情を抱くようになっていながら、瑠璃は亡き忠以に悪いと思うばかりに己の感情に蓋《ふた》をした。だが蓋の奥で愛情は見る間に膨《ふく》らんでいたのだ。

そうと気づくのが、遅すぎた。

「神さま……」

胸の奥から絞り出された声は、自分でも嫌になるほど弱々しかった。

「助けてください。わっちにもう一度、立ち上がる力を……救うべきを救い、夢幻衆と戦う、自信を。強い心を、どうかお与えください……」

震える声を聞きながら、飛雷も物思わしげに虚空《こくう》を見つめていた。

ともすれば崩れそうな心を抑えるように、瑠璃は胸に拳を作る。

その時、不意に、同志の言葉が反芻《はんすう》された。

自ら行動する者にこそ、神や仏は救いの手を差し伸べてくださる——。

瑠璃は我に返った。

錠吉が言っていたではないか。祈るだけでは逃げているのと同義だと。

古の三龍神がそうであったように、神には人を守り、戦う力がある。陀天のように、神には邪な呪術を無効化してしまう力がある。それらの力は人の運命を変える可能性を秘めているかもしれない。

さりとて人の「心」は、神の力をもってしても変えることなどできないはずだ。

――心の持ちようまで誰かにどうにかしてもらおうだなんて、わっちはいつからこんな、弱っちい女になったんだ？

伏せていた顔を上げ、すっ、と本殿の奥に目を据える。

「晴明公。今の願いは聞かなかったことにしてください」

本殿に向かって一礼する。踵を返し、南の空を仰ぐ。

洛南の空は筋雲に覆われていた。あの方角のどこかに、露葉がいる。助けが来ることを今この瞬間も信じて、待ち続けているのだ。

決意を口にすることすら躊躇した時もあった。どこか頭の片隅で、自分には無理かもしれないと弱腰になっていた。

「……露葉、ごめん。わっちは、自分の心に負けていたんだ。自分を信じることは自分にしかできない。そんな当たり前のことまで忘れちまってたとはな……」

とかく自信というのは脆いもの。形がないぶん、つかんだと思えば指先からすり抜け、ふとしたことで消えてしまう。だが元より自分を信じられないようでは「信じてくれている者たち」に申し訳が立たない。信じなければ、可能性の芽はそこで摘み取られてしまう。

不安や己の弱さにしかと向きあい、幾度折れようとも行動し続ける。自信は初めから存在するのでなく、行動に伴って生まれるのだから。

――わっちの心は、わっちが決める。もう押し潰されなどするものか。

暗澹《あんたん》とした闇の中にあって、瑠璃の双眸は、確固たる覚悟を取り戻していた。

「露葉。わっちは次こそお前さんを救い出す。死んじまった長助や、閑馬先生、白、そして栄二郎のためにも……。きっと、必ずだ。約束する」

晴明神社の境内に一陣、清冽《せいれつ》な風が吹いて瑠璃の髪をなびかせた。


「飛雷、お前も一階にいてくれ。栄二郎に何かあればすぐ知らせてほしいんだ」

「……ああ。よかろう」

塒に戻ると黒蛇は畳の上を滑り、不寝番《ねずのばん》をしている豊二郎の隣に落ち着いた。

一方で瑠璃は後ろ髪を引かれつつ二階に上がる。次の不寝番は錠吉、そして権三と続くことに決まっていた。栄二郎のそばにいたい気持ちはあれど、今は休息を取ることも同じくらい重要だ。

己一人しかいない二階の寝間で、瑠璃は布団に潜りこむ。目を閉じて深呼吸を一つする。が、当然と言うべきか睡魔は一向にやってこない。

——明日からまた洛南や島原に行って、蓮音の所在を探るんだ。麗の動向も心配だし、それに妖たちだって……そうだ、斬り分けの修行も別のやり方を考えねえと。

覚悟を決めた途端、やるべきことが次から次へと浮かんできた。瑠璃は忙しなく寝返りを打つ。

——飛雷が持つ雷の力じゃ斬り分けはできなかった。でも蒼流の力ならどうだ？わっちが風の力を最大限に引き出せるようになれば、もしかしたら。

朝になったら飛雷と話しあってみよう。気持ちがそわそわとするのは仕方ないが、今は眠らねば。

そう思いつつも、再びまぶたを開く。

枕側の窓からは、障子を通してごく薄い月明かりが差しこんできていた。水を打ったような静けさと寒さが、余計に心を騒がせる。

——ああいけねえ、ついつい考え事ばっかりしちまうな。

またしても寝返りを打ったその時、障子にふと、影が差した。

狐の影である。

「……宗旦？」

がばりと瑠璃は半身を起こした。

「そうか、戻ってきたのか。陀天さまのことだから、お前さんをもうここには帰さないんじゃないかって思ってたんだ」

安堵しつつ話しかけるも、宗旦は障子の向こうに座したまま動こうとしない。

「何してるのさ、早くお入り？」

「瑠璃はん、おいら——」

ためらい気味に声を揺らしたのも束の間、宗旦の影は、何事か意を決したように姿勢を正した。

「黒雲が頭領、瑠璃よ。今宵はお迎えに上がりました」

「え……何だよ、いきなり」

いつになく畏《かしこ》まった宗旦の口上に、瑠璃は眉根を寄せる。

何かの遊びだろうか。もしくは芝居の真似事だろうか。しかし内気な宗旦が唐突にそんなことを始めるとも思えない。

不意に、閃いた。

「ひょっとして、陀天さまからの言伝か？」

江戸に帰るよう忠告しつつ、黒狐は最後に何事か言いかけてやめた。あれほど一刻も早くと急かしてきたのは、道満から逃げるという他にも、何かしらの理由があったからかもしれない。

陀天はあの時、何を言いかけていたのだろう。

妖狐は答えることなく口上を継ぐ。

「六道珍皇寺の井戸は繋がっています。地獄の釜の蓋が、開いたのです」

瞬間、瑠璃は息を呑んだ。

誰も撞いていないのに鳴る迎え鐘。

井戸の深淵から聞こえた、忠以の声――。

あれは、幻ではなかったのか。

「……宗旦、一体どういう」

「いざいざ地獄へと参りましょう。地獄からのお達しゆえ、現世の使者、陀天の名のもとに道を使うことを許します。向こうでかの人がお待ちかねでございますれば」

「待てっ、ちゃんとわかるように説明してくれ。井戸が地獄に繋がったって、何がどうして？　かの人ってな、誰のことなんだ」

願ってもついぞ開かなかった地獄への道が、今、開かれている。

その上、自分がそこに、呼ばれている。

あまりに突拍子もないことではないか。まったくもって、わけがわからない。当惑する瑠璃に対し、妖狐はひと呼吸を置くと、こう告げた。

「委細はいずれわかるでしょう。誰より、すでにあなた自身に心当たりがあるはず。生き鬼へと身をやつした者に拒む選択肢はございません。さあいらっしゃい。畏れ多くも地獄を統《す》べる偉大なるお方――閻魔大王が、あなたをお呼びなのですから」

本書は書下ろしです。

|著者| 夏原エキジ　1991年千葉県生まれ。上智大学法学部卒業。石川県在住。2017年に第13回小説現代長編新人賞奨励賞を受賞した『Cocoon－修羅の目覚め－』でいきなりシリーズ化が決定。その後、『Cocoon2－蠱惑の焔－』『Cocoon3－幽世の祈り－』『Cocoon4－宿縁の大樹－』『Cocoon5－瑠璃の浄土－』『連理の宝－Cocoon外伝－』『Cocoon　京都・不死篇－蠢《しゅん》－』『Cocoon　京都・不死篇２－疼《とう》－』と次々に刊行し、人気を博している。『Cocoon－修羅の目覚め－』はコミカライズもされている。

Cocoon《コクーン》　京都《きょうと》・不死篇《ふしへん》3―愁《しゅう》―

夏原《なつばら》エキジ

講談社文庫

定価はカバーに
表示してあります

2022年11月15日第１刷発行

KODANSHA

発行者――鈴木章一
発行所――株式会社　講談社
東京都文京区音羽2-12-21　〒112-8001
電話　出版（03）5395-3510
　　　販売（03）5395-5817
　　　業務（03）5395-3615

Printed in Japan

デザイン―菊地信義
本文データ制作―講談社デジタル製作
印刷―――株式会社KPSプロダクツ
製本―――株式会社国宝社

ISBN978-4-06-529655-4

講談社文庫刊行の辞

二十一世紀の到来を目睫に望みながら、われわれはいま、人類史上かつて例を見ない巨大な転換期をむかえようとしている。

世界も、日本も、激動の予兆に対する期待とおののきを内に蔵して、未知の時代に歩み入ろうとしている。このときにあたり、創業の人野間清治の「ナショナル・エデュケイター」への志を現代に甦らせようと意図して、われわれはここに古今の文芸作品はいうまでもなく、ひろく人文・社会・自然の諸科学から東西の名著を網羅する、新しい綜合文庫の発刊を決意した。

激動の転換期はまた断絶の時代である。われわれは戦後二十五年間の出版文化のありかたへの深い反省をこめて、この断絶の時代にあえて人間的な持続を求めようとする。いたずらに浮薄な商業主義のあだ花を追い求めることなく、長期にわたって良書に生命をあたえようとつとめるところにしか、今後の出版文化の真の繁栄はあり得ないと信じるからである。

同時にわれわれはこの綜合文庫の刊行を通じて、人文・社会・自然の諸科学が、結局人間の学にほかならないことを立証しようと願っている。かつて知識とは、「汝自身を知る」ことにつきていた。現代社会の瑣末な情報の氾濫のなかから、力強い知識の源泉を掘り起し、技術文明のただなかに、生きた人間の姿を復活させること。それこそわれわれの切なる希求である。

われわれは権威に盲従せず、俗流に媚びることなく、渾然一体となって日本の「草の根」をかたちづくる若く新しい世代の人々に、心をこめてこの新しい綜合文庫をおくり届けたい。それは知識の泉であるとともに感受性のふるさとであり、もっとも有機的に組織され、社会に開かれた万人のための大学をめざしている。大方の支援と協力を衷心より切望してやまない。

一九七一年七月

野間省一

講談社文芸文庫

蓮實重彦

フーコー・ドゥルーズ・デリダ

解説＝郷原佳以

『言葉と物』『差異と反復』『グラマトロジーについて』をめぐる批評の実践＝「三つの物語」。ニューアカ台頭前の一九七〇年代、衝撃とともに刊行された古典的名著。

はM6

978-4-06-529925-8

古井由吉

楽天記

解説＝町田　康　年譜＝著者、編集部

夢と現実、生と死の間に浮遊する静謐で穏やかなうたかたの日々。「天ヲ楽シミテ、命ヲ知ル、故ニ憂ヘズ」虚無の果て、ただ暮らしていくなか到達した楽天の境地。

ふA15

978-4-06-529756-8

講談社文庫　目録

中村ふみ　雪の王　光の剣
中村ふみ　永遠《とわ》の旅人　天地の理《ことわり》
中村ふみ　大地の宝玉　黒翼《こくよく》の夢
中村ふみ　異邦の使者　南天の神々
夏原エヰジ　Ｃ　ｏ　ｃ　ｏ　ｏ　ｎ　〈修羅の目覚め〉
夏原エヰジ　Ｃ　ｏ　ｃ　ｏ　ｏ　ｎ　２　〈蠱惑の焰〉
夏原エヰジ　Ｃ　ｏ　ｃ　ｏ　ｏ　ｎ　３　〈幽世の祈り〉
夏原エヰジ　Ｃ　ｏ　ｃ　ｏ　ｏ　ｎ　４　〈宿縁の大樹〉
夏原エヰジ　Ｃ　ｏ　ｃ　ｏ　ｏ　ｎ　５　〈瑠璃の浄土〉
夏原エヰジ　連　理　の　宝　〈Ｃｏｃｏｏｎ外伝〉
夏原エヰジ　Ｃ　ｏ　ｃ　ｏ　ｏ　ｎ　〈京都・不死篇―蠢《しゅん》―〉
夏原エヰジ　Ｃ　ｏ　ｃ　ｏ　ｏ　ｎ　〈京都・不死篇２―疼《とう》―〉
長岡弘樹　夏の終わりの時間割
西村京太郎　華麗なる誘拐
西村京太郎　寝台特急《メモリー・トレイン》「日本海」殺人事件
西村京太郎　十津川警部　帰郷・会津若松
西村京太郎　特急「あずさ」《アリバイ・トレイン》殺人事件
西村京太郎　十津川警部の怒り
西村京太郎　宗谷本線殺人事件

西村京太郎　奥能登に吹く殺意の風
西村京太郎　特急「北斗１号」《スーサイド・トレイン》殺人事件
西村京太郎　十津川警部　湖北の幻想
西村京太郎　九州特急「ソニックにちりん」殺人事件
西村京太郎　東京・松島殺人ルート
西村京太郎　新装版　殺しの双曲線
西村京太郎　新装版　名探偵に乾杯
西村京太郎　南伊豆殺人事件
西村京太郎　十津川警部　青い国から来た殺人者
西村京太郎　新装版　天使の傷痕
西村京太郎　新装版　Ｄ機関情報
西村京太郎　十津川警部　猫と死体はタンゴ鉄道に乗って
西村京太郎　韓国新幹線を追え
西村京太郎　北リアス線の天使
西村京太郎　十津川警部　長野新幹線の奇妙な犯罪
西村京太郎　上野駅殺人事件
西村京太郎　京都駅殺人事件
西村京太郎　沖縄から愛をこめて
西村京太郎　十津川警部「幻覚」

西村京太郎　函館駅殺人事件
西村京太郎　内房線の猫たち　〈異説里見八犬伝〉
西村京太郎　東京駅殺人事件
西村京太郎　長崎駅《ナガサキ・レディ》殺人事件
西村京太郎　十津川警部　愛と絶望の台湾新幹線
西村京太郎　西鹿児島駅殺人事件
西村京太郎　札幌駅殺人事件
西村京太郎　十津川警部　山手線の恋人
西村京太郎　仙台駅殺人事件
西村京太郎　七　人　の　証　人　〈新装版〉
西村京太郎　十津川警部　両国駅３番ホームの怪談
西村京太郎　午　後　の　脅　迫　者　〈新装版〉
西村京太郎　びわ湖環状線に死す
仁木悦子　猫は知っていた
新田次郎　新装版　聖職の碑《いしぶみ》
日本文芸家協会編　愛　染　夢　灯　籠　〈時代小説傑作選〉
日本推理作家協会編　犯人たちの部屋　〈ミステリー傑作選〉
日本推理作家協会編　隠　さ　れ　た　鍵　〈ミステリー傑作選〉
日本推理作家協会編　Ｐｌａｙ《プレイ》推理遊戯　〈ミステリー傑作選〉

2022年 9 月15日現在